應用外語
09

圖解 西班牙語發音

王鶴巘◎著

二版

[θ]

ESPAÑOL

五南圖書出版公司 印行

　　「發音」的學習在外語教學上是一門極其重要卻不容易教好、學好的課程。錯誤的發音有礙於訊息正確地了解，縱使擁有豐富的字彙、清楚的語法概念也是枉然的。好的發音不是單純地把每個字母唸好就可以了，因為訊息的交流是經由一連串的字組成的聲音來傳遞的。雖然學習每個「字母 letra」或「音位 fonema」的發音很重要，不過這只是一個過程。我們或許會聽到一些學過西班牙語發音的人說：「認識了『字母表 alfabeto』的發音之後，十之八、九可以唸出西班牙語的單字發音」。這句話是有幾分真實，但是每個語言還是有屬於它自己的發音規則與特點，仍需循序漸進，按部就班學習。

　　在國內英語已是普遍的第二外語，不論每個人學習的狀況與成就如何，基本上對這個語言應不陌生，因此在跨入另一個不同外語的學習時，難免不受到早先第一個外語的影響。以西班牙語為例，一開始最明顯的就是發音受到英語的干擾，學生會不自覺地將西語字母 a [a] 唸成英語字母 a [e]，把子音 /p, t, k/ 發成送氣音 [pʰ, tʰ, kʰ]，清塞音 /p, t, k/ 和濁塞音 /b, d, g/ 分不清間接造成書寫時的拼錯字，還有無法分辨側音 /l/ 和顫音 /r, rr/ 舌頭在口腔內擺放位置等語音現象。

　　另外，學習第二外語時，母語扮演著重要的角色。多數人

在學習第二外語時都會跟自己的母語發音作比較，但是過分依賴母語的發音來學習外國語發音時，往往會成為學習上的絆腳石，這點是一開始學習外語時要注意的一點。比方說，西班牙語發音中濁音（例如：[b, d, g]）與清音（例如：[p, t, k]）的分辨對母語是中文的人來說是比較不易掌握的。不過，如果你的母語是台語或是會說台灣話，也許就能了解濁音與清音的差別，因為台灣閩南語的喉塞音有清音（例如：寶貝 po² pue³）與濁音（例如：買賣 be² be⁷）之分，子音亦有送氣（例如：破皮 phua³ phue⁵）與不送氣（例如：寶貝 po² pue³）的區別。只是近年來台灣閩南語的濁音有消失的趨勢，影響所及，母語是閩南語的人也漸漸失去分辨有聲與無聲的能力。

綜合上述所言，讀者可以就西班牙語和英文為例，不難發現語言有一互補的現象，發音較複雜的，其語法相對容易些；反之，發音較簡單的，語法就複雜難學。以英文的字母 o 為例，在不同的組合方式下會有不同的發音：hot [hɑt]、dog [dɔg]、wood [wʊd]、color [ˈkʌlɚ]、metro [ˈmɛtro]。而西班牙語的字母 o 語音上也代表母音 /o/，基本上不管在發音組合上哪個位置，都是發[o]的音。西班牙語也不需要所謂的音標符號來輔助發音的教學，因為若說到同一字母（或更準確地說「子音」）會有不同的發音，也就是字母 c 和 g 後面接不同的母音時，發音才會有些不一樣：ca [ka]、co [ko]、cu [ku]、ce [θe]、ci [θi] / ga [ga]、go [go]、gu [gu]、ge [xe]、gi [xi]。其餘的情況下，在學會字母表（abc...）發音後，我們一看到西班牙語單字是可以直接唸出來的。

　　然而，語法方面，西班牙語就複雜繁瑣多了。我們以動詞來說，西班牙語原形動詞雖只有三種型式：＜-ar＞、＜-er＞、＜-ir＞，但是每個原形動詞都有六個人稱的動詞詞尾變化❶，而詞尾變化又可再分成規則變化與不規則變化，加上藉由語法上的十四個「時態」來表達動作發生的時間、可能性、假設性，還有肯定與否定的命令式詞尾變化等等，這樣龐雜的詞尾變化，英文就顯得簡單容易些。

　　讀者也許會問，漢語究竟該視為發音容易還是語法易學的語言呢？依作者的看法，這一區分有時難有一明確的界線，西班牙語和英文分別屬於拉丁語系和條頓語族，使用的文字幾乎一樣，而漢語的方塊字難寫卻是文化認同與傳承的重要因素。語法上，漢語各個詞類沒有歐洲語言詞尾的形態變化，發音上，其捲舌音也沒有像西班牙語的顫音那樣難發出來，但是漢語的四聲調與西班牙語的重音相較之下又不容易掌握。

　　本書第一章介紹「發音的原理」。我們知道人與人之間的溝通主要靠的是聲音，也就是「語言」來傳達訊息。但是世界上的語言何其多，我們也只對熟悉的語言能產生認知的情感與反應，對於聽到我們不懂的語言時，任何的單字、語句都不過是一連串沒有意義的噪音。若是要分析我們已經會說或是會聽的語言，首先我們會把別人講的話先劃分為幾個「字

---

❶ 這裡所說的六個人稱的動詞詞尾變化，僅止於六種形式的詞尾變化，事實上所指涉的人稱不只六個。

palabra❷」或「詞 expresión o palabra」，每個字、詞再繼續劃分爲幾個「音節 sílaba」，每個音節又可再細分爲幾個「音位 fonema」，經過這一連串有意義的語法動作，大腦才將所聽到的句子變得有意義。事實上，母語的學習大腦自有其一套吸收轉換的方式，然而，隨著年齡增長，大腦的語言學習能力就變得越來越遲鈍、緩慢。因此，成年人的第二外語學習就必須依賴音標的輔助，透過「國際音標 IPA❸」與英語「K.K.音標」的表音系統，比較西班牙語跟中文、英文的音韻系統，然後依序進行發音說明和舉例，藉以提供初學者一個良好的指引。例如，拉丁美洲的西班牙語（或稱爲卡斯提亞語），子音 [s] 與 [θ] 的發音是一樣的，但是在西班牙這兩個音在表意上是有差別的：一個是牙齦摩擦音無聲 [s]，另一個是齒間摩擦音無聲 [θ]。我們強調音標的學習對初學者十分重要，它除了能夠記

---

❷ 西班牙語「字 palabra」的定義，嚴格來説，相當於每一個單音節的漢字。現今我們説的白話文多為兩個音節，像是鸚鵡、知道、了解、河馬等等，若將它們拆開，例如：「鸚、鵡」／「知、道」／「了、解」／「河、馬」，就不具有兩個字（雙音節）合起來才代表的意義。因此，上述兩個字（雙音節）的範例，漢語稱之為「詞」，這樣的説法較符合我們語言本身的構詞結構。漢語的「詞」也可以是一個、兩個或三個的音節，對應到西班牙語就稱為「字 palabra」。例如：「説 = decir」、「汽車 = coche」、「茉莉花 = jazmín」。

❸ 國際音標英文的縮寫是＜IPA＞，全名為＜International Phonetic Alphabet＞。西班牙語的縮寫是＜AFI＞，全名為＜Alfabeto Fonético Internacional＞。

載各種不同的語音，便利發音的研究，更重要的是能幫助初學者了解如何發出特定的音，認識不同音之間的差別，進而能夠自我判斷他所講的跟聽到的是否合乎標準。因此，透過音標符號的認識，我們同時介紹有關語音學與音韻學的專有名詞，期望在發音教學上有所幫助。

最後我們想說的是英語的學習在台灣已經算是普遍了，不論是收聽廣播電台、電視節目、影片或上美語補習班等等，要想聽與說英文非常容易，換句話說，在台灣是有著英語「聽說讀寫」的學習環境，但是第二外語西班牙語就不是這麼一回事了。因此，教學者不僅要掌握學習者的語言背景，還必須努力提升其學習動機，創造第二外語的學習環境。

本書的特色在於有完整清楚的文字說明，我們先從發音原理的解釋開始，了解人類說的「話」，聲音是如何產生的。接著從語音學的角度，依序介紹西班牙語母音、子音的發音和發音規則，作者亦就每個母音、子音繪製發音口腔側面圖，例如，下面這一張顫音[r̄]，讓學習者在發音的時候，可以了解如何正確運用發音器官，發出正確的音。第三章雖是較專業的語言學知識，不過我們認為讀者，尤其是從事西語教學的老師和西語系的研究生，若能掌握音韻學、語音學的基本知識，更有助於發現發音學習上的許多問題，特別是在和中文、英文，甚至於台語發音作比較時。

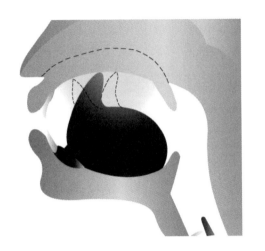

　　近幾年來，電腦教學改變了傳統教師的角色，教師不再是一味單調的使用教科書來授課，他可以使用多媒體教材的製作讓自己成為主動積極的教學經營管理者。無庸置疑地教學設計的好與壞，將直接影響到學習者學習動機及參與求知的原動力。目前台灣已有許多國立、私立大學在推展開放式課程，也就是線上教學。這是一個教學的延伸平台。我們還希望透過動畫軟體的製作，配合老師的錄音，生動的將發聲時各個發音器官的動作表現出來，相信這樣經由視訊的加強學習，不論老師發音的教學與學生的學習都能比過去更上一層樓。讀者亦可以上網點閱本人在南臺科技大學已錄製的開放式課程：「西班牙語圖解與動畫發音學習」、「初級西班牙語一」、「初級西班牙語二」、「進階西班牙語」、「初級進階西班牙語」和「基礎西班牙語會話」（http://ocw.stust.edu.tw/tc/node/society），配合西班牙語發音和文法的學習。

　　本人藉此序文感謝南臺科技大學視覺傳達設計系陳又寧同學，在課業繁忙之餘，仍熱心幫忙繪製本書西班牙語發音圖，以及上述南臺科技大學開放式課程「西班牙語圖解與動畫發音學習」裡西語發音動畫圖，使得發音的學習不再是刻板的文字說明，更有圖像、動畫的視覺學習情境，相信對學習者掌握正確的西班牙語發音是有實質的幫助。

　　最後，我由衷感謝五南文化事業機構這幾年對本人出版西班牙語言、文化學習書的支持與信任，特別是兩位主編溫小瑩小姐與朱曉蘋小姐，還有編輯吳雨潔小姐與其同仁，感謝他們熱心幫忙協助，惠予寶貴意見。大家的努力相信能嘉惠許多想認識西班牙，想學好西班牙語的讀者。

王鶴巘

目錄 **Este es el índice.**

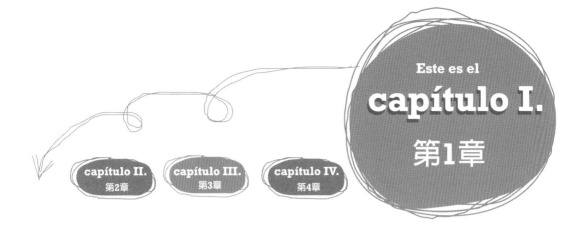

Este es el

capítulo I.
第1章

capítulo II.
第2章

capítulo III.
第3章

capítulo IV.
第4章

第 **1** 章

聲音與發音 001

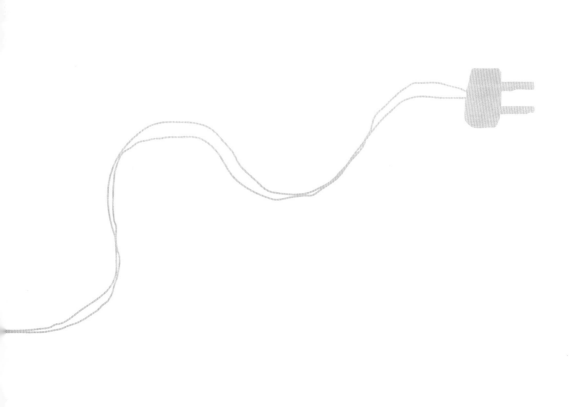

聲音與發音

　　人與人溝通可以分為三個階段：心理、生理與身體。「心理階段」就語言學的層次來看，是大腦產生一種概念和想法。「生理階段」是神經系統將訊息傳達到生理器官。「身體階段」使身體的各個發聲器官開始運作，空氣的振動產生人們可以辨識的語言聲音。簡單的說，人與人之間的交談記錄，看得見的是文字，聽得到的是聲音。

　　人類的語言是有聲音的交際工具，姑且不談世界語言數量何其多，就學習第二外語來說，掌握好個別語言的發音技巧，不僅有助於基本的聽、說能力培養，而且對於日後正確地拼寫、朗讀，詞彙的擴充和語法的學習，都有深遠的影響。所以，正確的發音是語言學習開始的第一步，儘管有人以為「會說」、「聽得懂」就好了，不過試想：你喜歡跟一個說得不清不楚、似懂非懂的人講話，還是跟一個說話字正腔圓、清清楚楚，讓人有信任感的人言談？語言學習的成功與半調子就在這開始的第一步。

1 認識發音器官

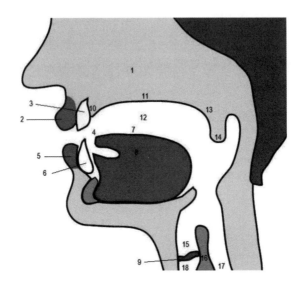

圖表 1 發音器官

編號名稱：

1. 鼻腔	2. 上嘴唇	3. 上門牙	4. 舌尖	5. 下嘴唇
6. 下門牙	7. 舌面	8. 舌頭	9. 聲帶	10. 牙齦
11. 上硬顎	12. 口腔	13. 軟硬顎	14. 小舌	15. 喉
16. 咽喉	17. 食道	18. 氣管		

發音器官可以分為三大部分：

(1)**呼吸器官**。由肺部和氣管組成，發音時空氣由呼氣動作將氣流由肺部擠出，送入咽喉。

(2)**咽喉**。喉頭的聲帶由兩條富有彈性的帶狀肌肉構成。當它們緊閉時，呼出的氣流將會振動聲帶而發出聲音稱之爲濁音，像是西班牙語的音素 /b/ 和 /d/，中文的「知道 ZHĪ-DÀO」、「鳥兒 NIǍU-ÉR」都是濁音。相反地，發音時聲帶的兩條帶狀肌肉張開，呼出的氣流經過時不會振動聲帶而發出聲音叫做清音。例如，西班牙語的音素 /p/ 和 /t/，中文的「參 CĀN」、「思 SĪ」都是清音。

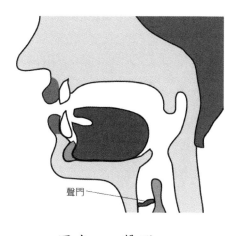

圖表 2　聲門

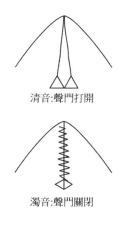

圖表 3　聲門作用圖
（取材自 Yavas M. 2006:6）

(3)**口腔**。在咽、口、鼻三個共鳴腔，口腔是最重要的共鳴器，其中舌頭扮演最積極靈活的角色。所有的母音（或稱爲元音），和大多數的子音（或稱爲輔音），都是因爲舌頭在口

腔內位置的不同而產生不同的音。在討論母音發音時，我們會把舌頭分為舌尖、前舌面和後舌面，還有從口腔側面看舌頭高、中、低的位置解釋不同母音的發音。在研究子音發音時，習慣上會從兩方面來探討：一是「發音的部位」，另一個是「發音的方式」。前者包含雙唇、唇齒、齒齦、齒間、牙齦、硬顎等等；後者則可以分為爆裂音、塞擦音、擦音、鼻音、邊音、顫音等等，其中爆裂音和塞擦音可再細分成送氣、不送氣的音。

2 發音原理

　　人們說話的聲音，語言學上我們稱之為語音。語音和自然界其他的聲音一樣，都是一種物理現象。聲音的構成是由於我們說話時，空氣由肺部擠壓出來，經過咽喉，口腔或鼻腔，震動周邊的空氣，產生了音波，形成可以分辨有意義的聲音。樂器中有一項專門用來調整音準的東西叫做「音叉」，它振動時空氣產生的音波可以由下圖來表示：

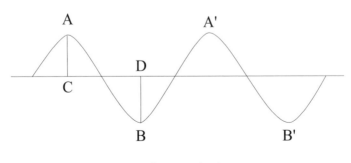

圖表 4　音波

　　A 跟 A′叫「波峰」，B 跟 B′叫「波谷」，AA′與 BB′叫「波長」。AC 與 BD 之間的距離叫「振幅」。敲擊音又每秒鐘振動的次數叫「頻率」。振幅的大小決定聲音的強弱或輕重；振動次數的多寡決定聲音的高低，頻率的單位我們稱爲「赫茲」＜Hertz＞。振動時間的長短決定聲音的長短。以弦樂器爲例，小提琴與大提琴發出的聲音我們一聽就感覺不一樣，這是音質的不同，也有人稱爲「音色」。音高、音強、音長、音色就是一般所說的構成聲音的四個要素。語音同樣也有這四個要素，我們分述如下：

(1)音高＜Tono＞：聲音的高低，它決定於頻率，也就是說由音波振動次數的多寡來決定，振動的次數愈多，音就愈高，振動的次數愈少，音就愈低。人們耳朵能夠聽到的頻率範圍大約在 16-20,000 赫茲之間。語音的高低決定在聲帶的長短、厚薄與發聲時鬆緊。短、薄、緊的聲帶發出的音高，長、厚、鬆的聲帶發出的音低。因此，婦女（發音頻率在 150-300 赫茲）和兒童（發音頻率在 200-350 赫茲）的聲帶短且薄，所以說話時聲音較高一些。男子（發音頻率在 60-200 赫茲）的聲帶長而厚，所以說話的聲音會低一些。另外，同一個人的聲音可以有時高有時低，這是他有控制聲帶鬆緊的能力。

(2)音長＜Cantidad＞：就是聲音的長短。若發音體持續發聲的時間愈久，聲音就愈長，反之就愈短。

(3)音強＜Intensidad＞：聲音的輕重與振幅的大小有關，振幅大，聲音就強，按圖表 4，AC 與 BD 之間的距離就愈長。

語音的強弱與發音時呼出的氣流量大小、用力的程度有關。發音時愈用力，肺部擠壓出來的氣流愈強，聲音也就愈強，反之就愈弱。

(4)音色＜Timbre＞：亦即音質。音色的不同可以從三方面來分析。一是發音體不一樣；二是發音的方法不一樣；三是共鳴器的形狀不一樣。先前我們以小提琴和大提琴為例，兩者是不同的樂器，即使是小提琴本身用弓拉、或是跳弓（弓在弦上跳躍的演奏方式），或是用手指撥弦，方法不一樣，發出的聲音就不一樣。最後一點，小提琴和大提琴共鳴器的形狀很明顯不一樣，產生的音色自然不一樣。

3 聲音的傳遞

本章一開始我們已提到人與人溝通可以分為三個階段：心理、生理與身體。我們研究人們說話、溝通的過程是屬於語音學的研究。語音學可以再分成「發音語音學 Fonética articulatoria」、「聲學語音學 Fonética acústica」、「聽覺語音學 Fonética perceptiva」。在本書第二章，我們主要解釋說明的是最後一個階段「身體」，特別是人的發音器官，舌頭在口腔裡移動的位置和其他的部位（雙唇、牙齒、齒齦、齒間、牙齦、硬顎等等）接觸的情形。我們從語音的生理方面作研究，這就是發音語音學。其次聲學語音學主要專注語音的物理性質和它跟發音器官之間的關係。聲學語音學的快速發展得力於「聲譜儀 espectrógrafo」等電子聲學儀器的發明。這部分在本

書第三章我們會再作說明。至於聽覺語音學主要是研究聲音傳遞的起點和終點，以大腦作爲研究對象。

下面這張圖表可以告訴我們，聲音傳遞的過程：

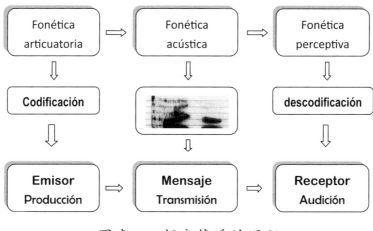

圖表 5　語音傳遞的過程

人們彼此間的溝通始於「說話者 emisor」的大腦神經系統發出指令，讓發音器官動作，產生各種不同的聲音。聲音通過空氣以聲波的形式「傳播 transmisión」「訊息 mensaje」，最後由「聽話者 receptor」接收。從聲學物理性質的角度來看，說話者大腦產生的指令猶如「編碼 codificación」一般，其動作像是在編寫一封電報，送出的媒介是空氣，它的聲波形式我們可以藉由電子儀器像是 PRAAT 轉換成「聲譜圖 espectrograma」顯示出來，聽話者在接收此電報或訊息後，他的大腦還須做出「解碼 descodificación」的動作，才算完成人們彼此

間聲音傳遞的過程。

一個人發出的聲音，語言學上我們稱爲「語音」。語音中音色的不同基本上也是由上述三個因素造成的。不過，還有幾點需要補充說明，我們分述如下：

(1)**發音的部位**。人類發音時，從肺部擠壓呼出的氣，經過聲門，到口腔時若碰到阻礙，在什麼部位？是雙唇、唇齒、齒齦、齒間、牙齦或是硬顎等等？若未受到阻礙，口腔的形狀是什麼樣子，舌頭位置的高低如何？這些都會構成不同形狀的共鳴腔。

(2)**發音方式**。發音時呼出的氣經過聲門，到口腔時，若碰到阻礙，要如何克服這些阻礙讓聲音發出來？這個排除阻礙的方法就稱爲發音方式。發音方式可以是爆裂音、塞擦音、擦音、鼻音、邊音、顫音等等，其中爆裂音和塞擦音可再細分成送氣、不送氣的音。

(3)**聲帶振動不振動**？聲帶振動產生的音是濁音（或有聲），聲帶不振動產生的音是清音（或無聲）。

(4)**小舌的位置**。小舌若緊靠著咽頭，呼出的氣經過聲門，會由口腔送出，只有少量的氣流經由鼻腔送出。小舌若緊靠著舌根，氣流幾乎經由鼻腔送出，則產生鼻音。

語音中的音高、音強、音長、音色都是相對的，不是絕對的。我們提到過婦女和兒童的聲帶較短且薄，說話時聲音較高一些，男子的聲帶長而厚，所以說話的聲音會低一些。但

是不論是婦女或男生，當他們唸中文的四聲調「媽、麻、馬、罵」這四個不同的字時，人們並不會感到他們之間誰唸出這四個聲調會有什麼差別。對聽話者而言，重要的是「媽、麻、馬、罵」這四個音高低變化的對比，產生不同意義的字。我們要記得的是語音中的音高、音強、音長、音色只要其中有一個不同，就會產生不同音質的音。我們再以西班牙語重音爲例，continuo（繼續、名詞），continúo（我繼續、動詞、現在式），continuó（他繼續、動詞、過去式）字義雖然都表示「繼續」，但是這三個字分別表示不同詞類與時態。音強或音重是讓這三個字（請注意：字母有畫底線的部分爲重音所在）彼此間產生相對、辨義的因素，至於誰唸出這三個字人們並不會感到意義上會有什麼差別。

　　最後，我們介紹「音位」此一名詞，在本書第三章會有更詳細的說明。「音位」是語言中最小的語音單位，或者說是人類語言從「音質」（亦即音色）角度分出來的最小的語音單位。簡單地說，一個音位代表一種音質，不同的音位代表不同的音質。西班牙語母音有五個，子音有十九個，而英文的母音音位有十四個，子音有二十四個，這樣的說法其實就是表示西班牙語總共有二十四個音位，英文總共有三十八個。總而言之，認識「音位」，了解音質在語言行爲中的功用，這是研究語音的首要工作。

4 音標

　　在「第二章 1 西班牙語字母發音與國際音標」，我們除了用西班牙語字母本身的發音來書寫其字母發音，還使用了國際音標來標示每個西班牙語字母的發音。「國際音標」是國際語音協會在西元 1888 年制定，英文全名為「International Phonetic Alphabet」，縮寫成「IPA」，各國語音學家從此以「IPA」為標竿，開始記錄構成各個語言的基本「音位」。它制定的原則是「一個音位只能用一個音標符號標示，不同的音位用不同的音標表示」。以西班牙語為例，構成這個語言的音位有二十四個，五個母音，十九個子音，所以，西班牙語應該就有二十四個國際音標符號一一對應標寫，不會出現混淆或模稜兩可的問題。

　　國際音標所用的符號大多數採用拉丁字母，如果拉丁字母不夠用的時候，或用希臘字母，或用一些拉丁字母的大寫、連寫、倒寫、添加附加符號等辦法來標示世界上各種語言的語音。上述用來標示不同「音位」的音標符號是放在兩條斜線號 // 裡，若音標符號放在方括號 [ ] 裡指的是生理上如何去發這個音。國際音標所代表的音是全世界通用一致的，雖然國際音標使用的拉丁字母與西班牙文或英文等語言的字母表相似，但要注意的是它們代表讀音的內容與含意並非完全一樣。舉例來說，國際音標的 [p] 是雙唇爆裂音、無聲（清音）、不送氣，西班牙語的音素 /p/ 亦是雙唇爆裂音、無聲（清音）、不送氣，但是英語的音素 /p/ 是雙唇爆裂音、無聲（清音）、

送氣，漢語拼音的 /p/ 表達的讀音含意與英語相同。西班牙語字母 C，按國際音標符號拼寫是 [θe]，不過下列單字中，字母 C 跟不同字母組合就有三種不同唸法：casa [kasa]、cena [θena]、eclipse [e´klipse]。由此可見，國際音標的輔助在外語教學上確實有其功效與必要性，它能釐清兩種語言間因字母標音符號產生的干擾。雖說完整的國際音標學習有其不易之處，事實上也不需要　，若只就母語跟第二外語發音學習上之比較應用，應該不是很困難的。

　　請參閱以下西班牙語、英文母音和子音辨音圖。英語既是大家熟悉的外語，讀者可以透過圖表比較的方式，了解這兩個語言在發音方式和發音部位相同與差異的情形。

發音部位		發音方式							
		爆裂音		塞擦音		擦音	鼻音	邊音	顫音
		不送氣	送氣	不送氣	送氣				
雙唇	清	p							
	濁	b					m		
唇齒	清					f			
	濁								
齒間	清					θ			
	濁								
牙齦	清					s			
	濁						n	l	r, r̄

圖表 6-1　西班牙語子音辨音圖

發音部位		發音方式							
		爆裂音		塞擦音		擦音	鼻音	邊音	顫音
		不送氣	送氣	不送氣	送氣				
軟顎	清	k				x			
	濁	g							
牙齒	清	t							
	濁	d							
硬顎	清			č					
	濁					ǰ	ɲ	ʎ	

圖表 6-2　西班牙語子音辨音圖

舌頭位置	舌面位置				
	舌面前		舌面中央	舌面後	
	口張開最小	口半張開	口張開最大	口半張開	口張開最小
舌位高	i				u
舌位正中高		e		o	
舌位低			a		

圖表 7　西班牙語母音辨音圖

舌頭位置	舌面位置		
	舌面後	舌面中央	舌面前
舌位低	ɑ、ɒ		æ
舌位半高		ɝ、ə、ɚ ɔ、o	ɜ、e
舌位高	u、ʊ		i、ɪ

圖表 8　英文母音辨音圖

發音部位			發音方式							
			爆裂音		塞擦音		摩擦音	鼻音	邊音	臨界音
			不送氣	送氣	不送氣	送氣				
雙唇	上唇 +	清		p						
	下唇	濁	b					m		w
唇齒	上齒 +	清					f			
	下唇	濁					v			
齒齦	上齒齦	清					s			
	+ 舌尖	濁					z	n	l、r	
齒間	上下齒	清					θ			
	+ 舌尖	濁					ð			
軟顎	舌面後	清		k						
	舌根	濁	g					ŋ		
牙齒	上齒背	清		t						
	舌尖前	濁	d							

圖表 9-1　英文子音辨音圖

發音部位			發音方式				摩擦音	鼻音	邊音	臨界音
			爆裂音		塞擦音					
			不送氣	送氣	不送氣	送氣				
上齒齦前硬顎	舌面前	清				tʃ	ʃ			
		濁			ʤ		3			
硬顎	舌	清								
		濁								j
聲門		清					h			

圖表 9-2　英文子音辨音圖

▶ 音標輔助符號

　　以下除了列出國際音標符號表，再補充說明一些音標輔助使用的符號：

〈:〉　表示在此符號之前的語音是發較長音。例如：*key* [ki:]。

〈´〉　表示主要音節之重音標符號。例如：*saber* [saˈßér]。

〈ˌ〉　表示次要音節之重音標符號。例如：*antagonistic* [ænˌtægəˈnistik]。

〈ˌ〉　此符號若標示在子音正下方，表示該子音為音節之核心。例如：people [ˈpi:pļ]。

〈ˇ〉 此符號若標示在子音的正下方，表示該子音濁音響聲化。例如：mismo [mízmo]。

〈.〉 此符號若標示在子音正下方，表示該子音消音化。例如：*place* [pļeis]。

〈‿〉 表示連音符號：可能是兩個母音，一個是前一個單字尾音，另一個是後一個單字起首音，這兩個母音發音時像是在同一個音節裡。例如：mire usted [míre‿ustéθ]。另一個可能是前一個單字尾音是子音，後一個單字起首音是母音，這兩個音發音時等於是一個音節。

〈xʰ〉 其中〈ʰ〉表示送氣音。

Alfabeto Fonético Internacional

	Bilabial	Labio-dental	Dental y alveolar	Retro-fleja	Palato-alveolar	Alveolo-palatal	Palatal	Velar	Uvular	Faringal	Glotal
Explosivas (oclusivas y africadas)	p b		t d	ʈ ɖ			c ɟ	k g	q ɢ		ʔ
Nasales	m	ɱ	n	ɳ			ɲ	ŋ	N		
Laterales fricativas			ɮ ɬ	?							
Laterales no fricativas			l	ɭ			ʎ				
Vibrantes múltiples			r						R		
Vibrantes simples			ɾ	ɽ					R		
Fricativas	ɸ β	f v	θ ð|s z|ɹ	ʂ ʐ	ʃ ʒ	ɕ ʑ	ç ʝ	x ɣ	χ ʁ	ħ ʕ	h ɦ
Continuas no fricativas y semivocales	w ɥ	ʋ	ɹ				j ɥ	(w)	ʁ		

	Anter central poster		
Cerradas	(y ʉ u)	i y ɨ ʉ ɯ u	
Medio cerradas	(ø o)	e ø ɵ o	
Medio abiertas	(œ ɔ)	ɛ œ ɜ ɔ	
Abiertas	(ɑ)	æ ɐ a ɑ ɒ	

圖表 10　國際音標圖

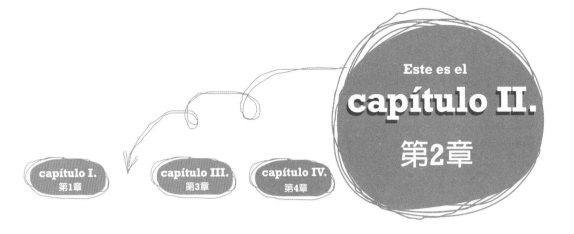

Este es el
capítulo II.
第2章

capítulo I.
第1章

capítulo III.
第3章

capítulo IV.
第4章

第2章　西班牙語發音 019

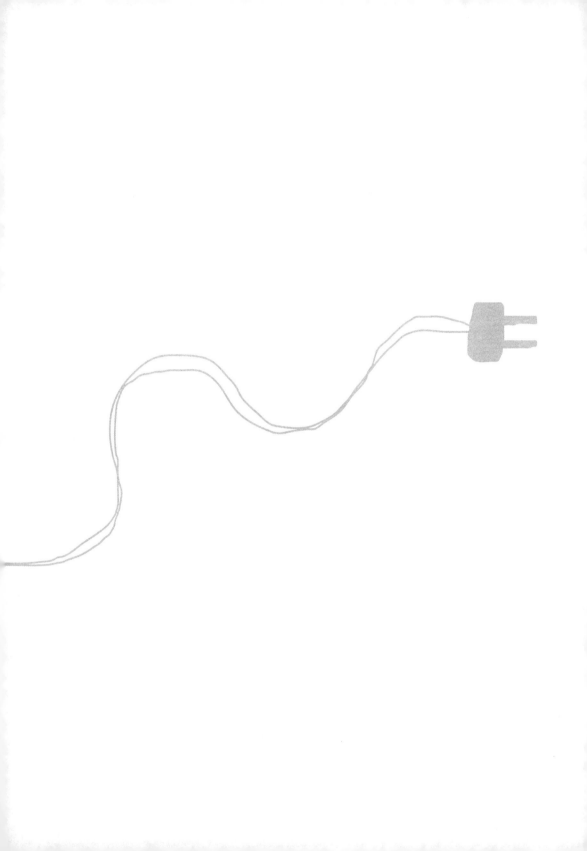

西班牙語發音

　　西班牙語的發音與大家熟悉的英語比起來是簡單容易多了，不過要正確的發音仍須不厭其煩地朗讀每個字母發音，了解發音規則，實地應用，同時避免受到母語中文或第一個外語英文的影響。以下我們列出西班牙語字母表與其每一個字母發音的國際音標。事實上，西班牙語幾乎是一字一音，看到就可以唸出來，不像英文，字母 a 在單字裡可能有好幾種唸法，例如：hat [hæt]、amaze [əˊmez]、yacht [jɑt]，所以我們查字典時都可以看到每個英文單字後面都有國際音標和 K.K. 音標說明。然而西班牙語是不需要的，只要熟稔發音與重音規則，即使看到一個不認識的單字、句子、甚至一篇短文，仍然可以朗朗上口。

1 西班牙語字母表：大寫、小寫、發音與國際音標

▶ 「大寫」字母表

A	B	C	CH	D	E
F	G	H	I	J	K
L	LL	M	N	Ñ	O
P	Q	R	RR	S	T
U	V	W	X	Y	Z

▶ 「小寫」字母表

a	b	c	ch	d	e
f	g	h	i	j	k
l	ll	m	n	ñ	o
p	q	r	rr	s	t
u	v	w	x	y	z

▶ 發音與國際音標 02-01

大寫	小寫	西班牙語發音	國際音標
A	a	[a]	[a]
B	b	[be]	[be]
C	c	[ce]	[θe]
CH	ch	[che]	[tʃe]
D	d	[de]	[de]
E	e	[e]	[e]
F	f	[efe]	[efe]
G	g	[ge]	[xe]
H	h	[hache]	[atʃe]
I	i	[i]	[i]
J	j	[jota]	[xota]
K	k	[ka]	[ka]
L	l	[ele]	[ele]
LL	ll	[elle]	[eʎe]

大寫	小寫	西班牙語發音	國際音標
M	m	[eme]	[eme]
N	n	[ene]	[ene]
Ñ	ñ	[eñe]	[eɲe]
O	o	[o]	[o]
P	p	[pe]	[pe]
Q	q	[cu]	[ku]
R	r	[ere]	[ere]
RR	rr	[erre]	[eȓe]
S	s	[ese]	[ese]
T	t	[te]	[te]
U	u	[u]	[u]
V	v	[uve]	[uve]
W	w	[uve doble]	[uve doble]
X	x	[equis]	[equis]
Y	y	[i griega]	[i griega]
Z	z	[zeta]	[θeta]

2　西班牙語字母之辨識

02-02

　　西班牙人講話時，特別是電話裡，有時怕對方聽不清楚，在遇到單字中可能字母發同樣的音，拼寫卻不一樣（例如：b與 v），或像是清音 [p] / 濁音 [b] 容易聽不清楚，這時他們會

先說出該字母（例如：b），再說出某個常用單字（通常是國名、地名，例如：Barcelona）。如下面的例子所示，單字的起首字母必須是與這個造成混淆的字母同一個。

A	a	A de América
B	b	B de Barcelona
C	c	C de Ceuta
CH	ch	CH de Chile
D	d	D de Dinamarca
E	e	E de España
F	f	F de Francia
G	g	G de Ginebra
H	h	H de Honduras
I	i	I de Italia
J	j	J de Japón
K	k	K de Kuwait
L	l	L de Londres
LL	ll	LL de Lleida
M	m	M de México
N	n	N de Nicaragua
Ñ	ñ	Ñ de España
O	o	O de Óscar
P	p	P de Perú
Q	q	Q de Quito
R	r	R de Rusia
RR	rr	RR de barroco
S	s	S de Sevilla

T	t	T de Taiwán
U	u	U de Uruguay
V	v	V de Venezuela
W	w	W de Washington
X	x	X de xenófilo
Y	y	Y de Yugoslavia
Z	z	Z de Zambia

3 西班牙語「母音發音」

　　「音位 fonema」是最小的語音單位，它可以分為母音（又稱為元音）和子音（又稱為輔音）兩大類。西班牙語構成母音的音位有五個 /a/、/e/、/i/、/o/ 和 /u/，構成子音的音位有十九個。母音和子音發音時的差別，基本上可以從以下幾個方面來檢視：

(1)母音都是有聲的，發音時，氣流通過聲門使聲帶發生振動；之後氣流經過咽腔、口腔內其他發音部位時，並不會受到任何阻礙，因此氣流可以說是暢通無阻。但是，子音發音的時候，有些會振動聲帶，有些則不會，且聲音的產生都是因為呼出的氣流在發音器官的某一部位被阻礙，只有克服這種阻礙才能發出音來。也正是因為如此，發子音的時候，氣流比發母音的時候較強。另外，子音的產生因氣流受阻礙的變數較多且複雜，所以，一個語言的子音數量往往會多於母音。

(2)發母音的時候，發音器官的各部分保持均衡的緊張。發子音的時候，只有形成阻礙的那一部分器官緊張。例如：西班牙語的顫音 [r̄]，發音時只有舌尖的地方特別緊張。

(3)母音發音的不同主要決定於口腔這個發聲共鳴器的形狀不同，而影響口腔形狀最主要的因素有三：(a) 嘴巴張開的大小，(b) 把舌頭向前伸或者往後縮，(c) 發音時嘴唇形狀是圓的或者扁平的。由於舌頭和下顎連接，嘴巴張得愈大，像發 [a] 的音，舌頭的位置就愈低。相反地，嘴巴張得愈小，且唇形愈圓，像發 [u] 的音，舌頭的位置就愈高。

(4)小舌的位置。小舌若緊靠著咽頭，呼出的氣經過聲門，會由口腔送出，只有少量的氣流經由鼻腔送出。若小舌緊靠著舌根，氣流幾乎經由鼻腔送出，則產生鼻音。母音亦會受到小舌位置的影響產生鼻音化。例如：un vaso [ũm báso]。我們會在前一鼻音化音位的正上方，例如：[u]，加上鼻音化符號變成 [ũ]。

▶ 西班牙語母音

下面我們逐一介紹西班牙語五個母音「音位」與其有關之「同位音 alófono」（或「音位變體」）。另外，我們也會將西班牙子音的發音跟中文的母音做一比較。首先在圖表 1，我們可以看到西班牙語五個母音在口腔內的位置圖，大致上成一個倒三角形。

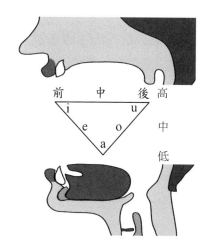

圖表 1　西班牙語母音口腔位置圖

(1) 強母音 /a/

　　發音時，舌頭在口腔裡的位置是低位、中間。此音是所有母音中發音位置最低，舌尖靠近下門牙，口張得最大，軟顎封閉，嘴唇並不呈圓形。強母音 /a/ 是舌面中央元音。

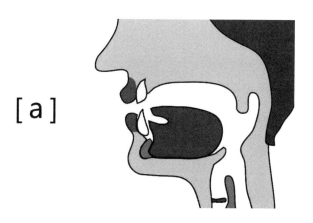

圖表 2　母音 [a] 舌位圖

注意
- 強母音 /a/ 與國語注音[ㄚ] 發音相同。
- 母音 /a/ 有一個同位音[ɑ]。當母音 a 後面緊接著母音 [o、u]，或子音 [l、x]，則軟顎化發同位音[ɑ]。例如：ahora [ɑóra]、palma [pɑ́lma]。

🎧 跟著一起這樣唸

02-03

paso	ama	cama	tarde	hola
nada	favor	boca	tal	llamas
español	chica	día	gracias	mañana

(2) 強母音 /e/

　　強母音 /e/ 是舌面前音。發音時，舌頭的位置由正中高度、升至高位，舌頭在口腔裡的位置是中央位置前方。軟顎封閉，扁唇，嘴唇向兩側攤開，舌尖抵下門牙。

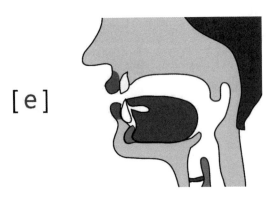

[e]

圖表 3　母音 [e] 舌位圖

- 雙唇要比發 [i] 時更為張開，有點像國語注音 [ㄝ] 轉發注音 [ㄧ] 的音。
- 母音 /e/ 出現同位音的情況如下：
  ❶母音 /e/ 與顫音 [r]、[r̄] 緊鄰時，發同位音 [ɛ]。例如：perro [pɛ́r̄o]、remo [r̄ɛ́mo]。
  ❷母音 /e/ 後面緊接軟顎、摩擦音 [x] 時，發同位音 [ɛ]。例如：teja [tɛ́xa]。
  ❸母音 /e/ 是〈下降雙母音〉其中音位之一時，發同位音 [ɛ]。例如：peine [pɛ́i̯ne]。
  ❹母音 /e/ 後面若緊接以下子音 [d、m、s、n、θ] 時，發本音[e]。例如：pez [peθ]。其他子音則發同位音 [ɛ]。例如：pelma [pɛ́lma]。

跟著一起這樣唸

02-04

（注意字母底下有畫單線的才是發 [e]、畫波浪線條的發 [ɛ] 音）：

profesor	entender	señorita	lengua	tardes
nene	cese	español	noches	estudiante
perro	teja	peine	pez	pelma

(3) 強母音 /o/

發音時，舌頭在口腔裡的位置是中央、後方。嘴唇呈圓

形。發音時，先圓起雙唇，有點像發國語注音 [ㄛ] 的音，再合攏雙唇，延續 [ㄛ] 的音即成。

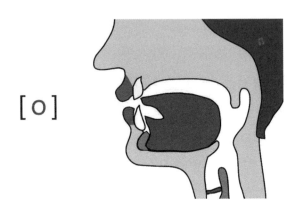

圖表 4　母音 [o] 舌位圖

- 強母音 [o] 不可以發成國語注音符號 [ㄡ]，否則會變成雙母音 [ou] 的音了。
- 母音 /o/ 出現同位音的情況如下：
  ❶母音 /o/ 與顫音 [r]、[r̄] 緊鄰時，發同位音 [ɔ]。例如：roca [r̄ɔ́ka]。
  ❷母音 /o/ 後面緊接軟顎、摩擦音 [x] 時，發同位音 [ɔ]。例如：hoja [ɔ́xa]。
  ❸母音 /o/ 是＜下降雙母音＞其中音位之一時，發同位音 [ɔ]。例如：boina [bɔ́i̯na]。
  ❹母音 /o/ 後面若緊接任何子音時，發同位音 [ɔ]。例如：olmo [ɔ́lmo]。

跟著一起這樣唸

02-05

（注意字母底下畫單線的是發 [o] 的音、畫波浪線條的則是發 [ɔ] 的音）

ojo	ocho	oso	por	boca
favor	chico	glotis	coger	noches
dinero	lejos	cero	nuevo	volar

(4) 弱母音 /i/

　　弱母音 /i/ 是舌面前音。發音時，舌頭在口腔裡的位置是高位。軟顎封閉，嘴唇向兩側攤開，舌尖微微碰觸下門牙，氣流由口衝出。

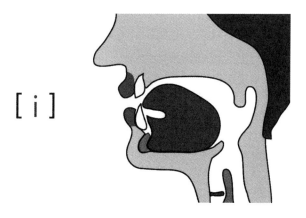

[i]

圖表 5　母音 [i] 舌位圖

跟著一起這樣唸

02-06

vi	mini	hijo	piso	chico
dinero	señorita	niño	Israel	isla
¿y tú?	pintada	pila	vivo	rica

(5) 弱母音 /u/

　　弱母音 /u/ 是舌面後音。發音時，舌頭在口腔裡的位置是高位。軟顎封閉，嘴唇呈圓形，牙床近於全合，牙齒不可見，舌尖往後縮，不接觸任何地方。舌頭最高的部分在口腔水平向的後方，相當靠近軟顎。

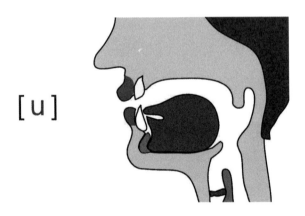

[u]

圖表 6　母音 [u] 舌位圖

跟著一起這樣唸

02-07

tu	mucho	usted	Uruguay	último
fumo	uniforme	museo	único	auto
unidad	nudo	uva	cuna	empuñado

　　綜合上述，我們再從語音發音的角度，整理西班牙語母音發音的特點如下：

❶ 按元音舌位圖，以水平線爲基準，可以將母音發音分成前元音 [i、e]、中央元音 [a]、後元音 [u、o]。

❷ 按元音舌位圖，以垂直爲基準，可以將母音發音分成高元音 [i、u]、正中元音 [e、o]、低元音 [a]。

❸ 母音若位於前後輔音都是鼻音間，則該母音會鼻音化。例如：mano [mãno]。

❹ 母音 [u、o] 發音時嘴唇呈圓唇形 ＜labializadas＞，[i、e、a] 發音時嘴唇呈展唇形＜deslabializadas＞。

❺ 按發音時，母音特別用力唸重產生所謂「重讀母音」，西班牙語稱爲＜vocales acentuadas＞ 或 ＜tónicas＞。相反地，母音之發音力道只求足以聽到辨認，就是「非重讀母音」，西班牙語稱爲＜vocales inacentuadas＞ 或 ＜átonas＞。

4 「雙母音 Diptongos」與「三重母音 Triptongos」

▶ 雙母音

西班牙語的雙母音可分為：

❶ 上升雙母音，亦即＜弱母音 + 強母音＞：ia、ie、io、iu、ua、ue、ui、uo。

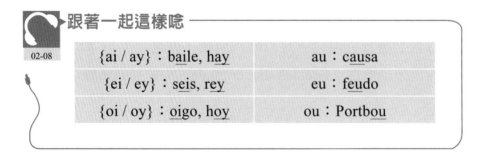

▶跟著一起這樣唸

02-08	ia: cop<u>ia</u>	ie: p<u>ie</u>	iu: c<u>iu</u>dad	io: suc<u>io</u>
	ua: ag<u>ua</u>	ue: n<u>ue</u>vo	ui: m<u>uy</u>	uo: c<u>uo</u>ta

❷ 下降雙母音＜強母音 + 弱母音＞：ai、au、ei、eu、oi、ou。

▶跟著一起這樣唸

02-08	{ai / ay}：b<u>ai</u>le, h<u>ay</u>	au：c<u>au</u>sa
	{ei / ey}：s<u>ei</u>s, r<u>ey</u>	eu：f<u>eu</u>do
	{oi / oy}：<u>oi</u>go, h<u>oy</u>	ou：Portb<u>ou</u>

▶ 三重母音

　　三重母音是指三個母音出現在同一個音節：＜弱母音 ＋ 強母音 ＋ 弱母音＞，位於中間的母音必定是強母音，另外前後兩個則是弱母音。西班牙文的三重母音計有：uai、uei、iai、iei。

跟著一起這樣唸

02-09

iai：	estudiáis, limpiáis
iei：	estudiéis, limpiéis
{uai / uay}：	averiguáis, Uruguay
{uei / uey}：	averigüéis, buey

　　最後我們就西班牙語的五個母音，做一結論，同時和英文的母音做一對照比較。

❶ 西班牙語的五個母音 /a/、/e/、/i/、/o/、/u/ 都是濁音、聲帶振動，發聲時皆為口腔內的發音。每一個母音都可以出現在單字的字首、字中與字尾。

❷ 英文的十四個母音 /i/、/ɪ/、/e/、/ɛ/、/æ/、/ɑ/、/o/、/ɔ/、/u/、/ʊ/、/ɝ/、/ʌ/、/ə/、/ɚ/ 也都是濁音、聲帶振動，發聲時亦是口腔內的發音。不過，發音時的聲音長短成為辨音與辨義的基本方式。

❸ 發西班牙語母音時，發音器官會就所要發的母音提前就發音

位置，因此，發聲時其音質從一開始就維持緊張，持續上揚
到最後。母音在結束時是急促、快速收尾。英文的母音結束
時則不像西班牙語那樣嘎然而止，而是聲門打開時，讓空氣
有更多時間通過，振動聲帶。所以，對母語是西班牙語的人
來說，英文的母音聽起來音長略爲長些（A. Quilis y J. A.
Fernández (1997：59-60)）。

❹ 西班牙語的母音系統比起英文的母音系統簡單多了。在本章
我們已提到過西班牙語的強母音有三個：a、e、o，弱母音
有兩個：i、u。一個西班牙語單字的音節計算主要是看它的
母音。另外，西班牙語的重音主要是單字的某一音節，事實
上，這裡指的就是某一個母音唸得比較強，例如，hablo（我
說、動詞、現在式），habló（他說、動詞、過去式），兩個
字拼寫都一樣，也都有表示「說」的意思，但是，它們分別
表示不同的人稱與時態。音節或重音的問題在英文就複雜多
了，且英文的母音不像西班牙語的母音在讀音時，與拼寫的
字母皆一樣。例如：英文的字母 o 就可以有下面幾種讀音：
hot [hɑt]、dog [dɔg]、home [hom]、who [hu]、method
[´mɛθəd]。

❺ 探討母音時，還有一種語音學家稱之爲滑音的半母音。發音
時，如果氣流在通過舌面時只有些微摩擦，發出的音接近毫無
阻礙的母音，這樣的音叫作「滑音」，英文名爲＜glides＞，
又稱爲「半母音」＜semi-vowel＞。例如：英文的單字 wack
[wæk]、yack [jæk]；西班牙語的單字 baile [bájle]、muy
[mwí]，這些單字中的半母音 [j] 跟 [w]，發音的時候，舌頭
要滑動到某一位置，跟相鄰的母音連繫一起，[j] 是前滑音，

[w] 是後滑音，在音質上分別與前高母音 [i] 與後高母音 [u] 非常相似。唯一的區別是母音 [i] 與 [u] 出現在音節的核心位置，滑音 [j] 跟 [w] 則出現在非音節的核心位置。例如：我們唸單字 *food* [fud]，其中的 [u] 音遠強於 *what* [hwɑt] 的 [w] 音。

❻ 以下是西班牙語、英語之母音與其「同位音」之對照比較

西班牙語「母音」			英文「母音」		
音位／同位音	例字	音標	音位／同位音	例字	音標
i	sí	[sí]	i	seen	[sin]
-	-	-	ɪ	bit	[bɪt]
e	té	[té]	e	eight	[´et]
-	-	-	ɛ	bet	[bɛt]
-	-	-	æ	cat	[kæt]
-	-	-	ɑ	got	[gɑt]
a	está	[está]			
-	-	-	ʌ	cut	[kʌt]
-	-	-	ə	about	[ə´baut]
-	-	-	ɔ	dog	[dɔg]
o	no	[nó]	o	home	[hom]
-	-	-	ou	go	[gou]
-	-	-	u	food	[fud]
u	tú	[tú]	ʊ	put	[pʊt]
-	-	-	ɚ	farmer	[´fɑrmɚ]
半母音					
i̯	aire	[ái̯re]	-	-	-
u̯	raudo	[r̄áu̯ðo]	-	-	-

5 西班牙語「子音發音」

在談子音發音之前，我們先介紹兩個重要的語音概念：發音部位和發音方法。首先，我們說明發音部位。聲帶振動或不振動是決定子音是清音或濁音的第一個發音部位。若聲帶不振動，是清聲門音，像是中文的ㄏ；若聲帶振動則是濁聲門音，像是西班牙語的 [x]:Jamaica [xamáica]。之後氣流進入口腔，最先遇到的是舌根。舌根若往上向軟顎靠攏，氣流因此受阻礙而發出舌根音，也叫作舌面後音。西班牙語舌面後濁音軟顎子音是 /g/，清音軟顎子音是 /k/，中文濁音軟顎子音是ㄍ、ㄥ，清音軟顎子音是ㄎ。中文注音符號ㄥ的國際音標是 [ŋ]，表示鼻音濁音。

舌根的前面是舌面中央，正是發元音 [i] 的位置。發 [i] 時氣流不受到阻礙，不過，舌頭如果保持發 [i] 時的狀態，只是稍微向上提起與後硬顎輕輕摩擦接觸，就能發出半母音 [j]，像是西班牙語單字 bien [bjen] 或英語 yes 開頭的字母 y。氣流過了舌面中是舌面前，所發的音就是舌面前音。西班牙語舌面前子音有 /č/（=/tʃ/），中文則有ㄐ、ㄑ、ㄒ。

最後，氣流來到舌尖。舌尖是舌頭發音時最靈活，可以和口腔內好幾個發音部位配合形成不同的阻礙，發出不同的音。例如，舌頭如果捲起，舌尖向後頂住前硬顎可以發出中文的捲舌清音：ㄓ、ㄔ、ㄕ與濁音ㄖ。舌尖如果抵住上齒齦，就可以發出舌尖前音，像是西班牙語的子音 /t/、/s/ 是清音，/l/ 是濁

音，中文的ㄅ、ㄊ、ㄗ、ㄘ、ㄙ是清音，ㄋ、ㄌ是濁音。若舌
尖抵住上下齒之間，發出的音就稱為齒間音，清音齒間音的音
標符號是 [θ]、濁音齒間音的音標符號是 [ð]。例如：西班牙語
的 celo [θélo]、dedo [déðo]。中文沒有齒間音。

　　氣流離開了舌頭，再往前，受到的阻礙只剩下上門牙跟嘴
唇。上齒和下唇配合所發出的音叫做唇齒音，例如：西班牙
語的清音 /f/、英文的濁音 /v/，中文的清音ㄈ。另外，雙唇形
成阻礙而發出的音叫做雙唇音。例如：西班牙語的 /p/、/b/、
/v/，中文的ㄅ、ㄆ、ㄇ。音標 [w] 代表的也是雙唇音，例如：
suelo [swélo]、causa [káwsa]、fui [fwí]。

　　上述是有關發音部位的介紹，不過，對同樣的音我們也可
以從如何去發音的角度來探討。比如說，[t] 跟 [s] 都是舌尖、
齒音、清音，那麼這兩個音之間還有什麼區別呢？答案是「發
音方式」。如果由外往內看，也就是從嘴唇發的爆裂音（又稱
為塞音）開始，發音方式依序可再分成塞擦音、擦音、鼻音、
邊音、小舌的顫音，其中爆裂音和塞擦音可再細分成送氣、不
送氣的音。

❶ **爆裂音（塞音）**。當發音器官的某兩部分先緊緊靠攏，短暫
　 地阻塞氣流通過，然後突然打開，讓氣流衝出來所發出的聲
　 音就是爆裂音。西班牙語 [p、b、 t、d、 k、g]，這些音都是
　 塞音。
❷ **摩擦音**。指的是發音器官某兩個部分接觸或靠近，留下一個

狹窄的縫隙讓空氣從這個縫隙中衝出來，這樣的音稱爲摩擦音。若要實際感覺摩擦音，我們可以把手指分開放在嘴前，試著發西班牙語 foto [fóto]、celo [θélo]、sepa [sépa]、José [xosé]、mayo [májo] 這幾個單字中 [f]、[θ]、[s]、[x]、[j] 的音，就會感受到一股氣流衝出。

❸ 塞擦音。是塞音和摩擦音的結合，只是先發塞音後摩擦。雖說是兩種發音方式的結合，不過發塞擦音的部位是同一個，它代表一個音素。/č/ 是西班牙語音素裡唯一的塞擦音位，例如：chico [číco]、pecho [péčo]。中文有六個塞擦音，它們分別是ㄓ、ㄔ、ㄗ、ㄘ、ㄐ、ㄑ。

❹ 邊音。發音時如果舌尖和齒齦接觸，阻擋了氣流的出路，氣流只好從舌頭的兩側流出，這樣的音叫做邊音。西班牙語有兩個邊音 /ʎ/、/l/，例如：calle [káʎe]、 pala [pála]。中文只有一個邊音ㄌ。

❺ 滑音。要注意的是發音時如果氣流在通過舌面時只有些微摩擦，發出的音接近毫無阻礙的元音，這樣的音叫作半元音。例如：西班牙語的單字 baile [bájle]、muy [mwí] 中，[j] 跟 [w] 兩個音，發音的時候，舌頭要滑動到某一位置，跟相鄰的母音連繫一起，有時也稱作滑音（英文名爲 glides）。

綜合上述，簡單地說，發子音時，呼出的氣先經過聲門，聲帶若振動，這個子音就是濁音。例如：西班牙語單字 Barcelona 裡的字母 b 發濁音的 [b] 音。反之則是清音。例如：西班牙語單字 País 裡的字母 p 發清音的 [p] 音。緊接著氣流來到咽喉，這裡的小舌若緊靠著咽頭，空氣多半由口腔送出，只有少

量的氣流會經由鼻腔送出。但是，小舌若緊靠著舌根，氣流幾乎只由鼻腔送出，則產生鼻音。例如：西班牙語單字 Madrid 裡的字母 m 發濁音的鼻音 [m]。子音的共同特點是氣流在某一部位一定會受到阻礙，必須藉由某種方式突破阻礙讓聲音發出來。

從這裡可以看出來，人類的發音器官是非常複雜奧妙，可是又十分精準協調。儘管每個人的生理構造不一樣，發聲的器官，比方說，像是共鳴器的「口腔」大小不一，但是，若母語相同，那麼發出該語言某個音（音位）應該是彼此可以認同接受的，差別只是音質的不同而已。我們再舉個例子來說，從小接受某一語言為母語的人，例如西班牙語，他們就對這個語言特別敏銳，或許多數西班牙人不了解構成西班牙語的「音位」究竟是哪些？有多少個？但是他們都能輕易地聽出其他語言不同於西班牙語的「音位」。比如說，西班牙語沒有中文的舌尖向後捲舌音：ㄓ、ㄔ、ㄕ、ㄖ。不過，也有可能無法分辨送氣音像是：ㄆ、ㄊ、ㄎ，因為西班牙語的音都是「不送氣 no aspirado」，自然西班牙人的語言意識裡缺乏對「送氣音 aspi-rado」的認知，除非他從小就是雙語教育，既會說中文也會說西班牙文。

下面我們逐一介紹西班牙語十九個子音「音位」與其有關之「音位變體」。另外，我們也會將西班牙語子音發音跟中文或者閩南語的輔音就發音部位和方式做一比較。

(1) 爆裂音

按音韻學來看，構成西班牙語的爆裂音「音位」有六個：/p/、/b/、/t/、/d/、/k/、/g/。發爆裂音時，舌面後上升碰到軟顎，隨即離開，讓空氣只由口腔送出，不經過鼻腔。這六個爆裂音我們分別描述如下：

➡️ /p/ 雙唇、爆裂音、清音

發此音時，一開始就緊閉雙唇，隨即放開雙唇，讓氣流由口腔突然衝破雙唇送出，發 [p]音時，聲帶不振動，是有氣、清音之音。例如：ópera [ópera]、copa [kópa]、tapa [tápa]。

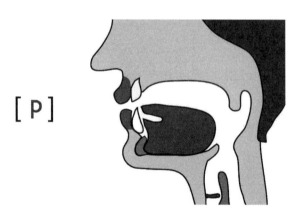

[p]

圖表 7　子音 [p] 發音圖

字母 p 在單字中發雙唇、爆裂音、清音，但是當子音 [p] 之後接另一子音 [t]，[p] 常常不發音，如 septiembre、apto、séptimo 等等。如果 [p] 之後接的是另一個子音 [s]，[p] 的本

音則可以清楚聽到，例如：elcipse、capsular。另外，一些源自希臘文的單字，字母 p 出現在字首時，不發音，有時乾脆也省略不寫，例如：psicosis、psiquiatría。

西班牙語的 /p/ 比起國語注音裡的ㄅ（國際音標是 /p/），發音時，雙唇抿得比較緊，放開雙唇時送氣的力道也比較強，但發聲時間卻短些。台灣閩南語裡有相對的 /p/ 雙唇、爆裂清音，例如：頒布 [pan¹ poo³]。

西班牙語並沒有送氣音＜aspirated＞，西班牙語的輔音：/p/、/b/、/t/、/d/、/k/、/g/，若用國際音標的符號來表示是一樣的，其表達共同的內涵是雙唇、爆裂音、不送氣，而 /p/、/t/、/k/ 是清音，/b/、/d/、/g/ 是濁音。

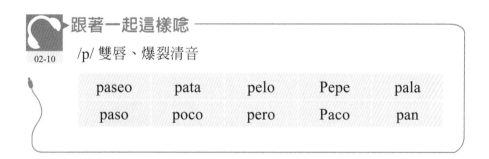

跟著一起這樣唸

02-10　/p/ 雙唇、爆裂清音

| paseo | pata | pelo | Pepe | pala |
| paso | poco | pero | Paco | pan |

➡/b/ 雙唇、爆裂音、濁音

發此音時，先抿嘴但雙唇放鬆，先前被阻斷的氣流突然衝出口腔而發聲。發子音 /b/ 時，聲帶振動，是濁音。

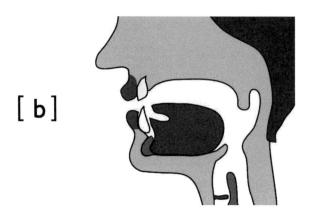

圖表 8　子音 [b] 發音圖

書寫時，字母 b 與字母 v 不可以混淆，雖然這兩個字母後面接母音 /a、e、i、o、u/，都發 [b] 音，也就是 ba、be、bi、bo、bu 跟 va、ve、vi、vo、vu 都唸作 [ba、be、bi、bo、bu]。但是文字書寫上不同，意義上也不相同。例如：pelo（頭髮）/ velo（面紗）、bisar（重演）/ visar（簽准）、botar（驅動）/ votar（投票）。

當子音 b 出現在單字字首或緊跟在鼻音 [m] 之後，發 [b] 的音。例如：vaso [báso]、bote [bóte]、hombre [ómbre]、un velo [úm bélo]。

子音 b 有一同位音（alófono）：[ß] 雙唇、摩擦音、濁音。國語注音裡並沒有相對的 /b/ 雙唇、爆裂濁音，但是台灣閩南語有，例如：買賣 [be^2 be^3]、無尾 [bo^5 bue^2]。

跟著一起這樣唸

/b/ 雙唇、爆裂濁音（注意字母底下有畫線的部分才是發 [b] 的音）

bello	bola	beso	Valencia	votar
hombre	combate	ambiguo	un buen chico	

➡ [ß] 雙唇、摩擦音、濁音

　　發音時，雙唇呈現半開半合，使空氣流出，帶有摩擦音。發 [ß] 音的時機：只要字母 b 或 v 不是出現在單字字首或緊跟在鼻音 [m] 之後，都發成 [ß] 音。例如：haber [aßér]、uva [úßa]、ese vaso [ése ßáso] 等。有時候 [ß] 會省略不發音，特別是當 ob 或 sub 出現在字首時，例如：obstáculo、subjetivo 等。另外，很多以 obs 或 subs 開頭的字，在書寫時漸漸省去 b 不寫，顯示了 [ß] 的音有逐漸消失於西班牙語發音的趨勢，例如：o(b)scuro、su(b)scribir 等。

跟著一起這樣唸

[ß] 雙唇、摩擦音、濁音（注意字母底下有畫線的部分才是發 [ß] 音）

lobo	alba	llave	bebé	cava
subida	tubo	coba	una vez	la boca

➡/t/ 舌尖、齒音、爆裂音、清音

發音時，雙唇微開，舌尖抵住上門牙，不讓空氣從此流出，隨即用力將舌尖彈開，讓氣流衝出，產生爆裂音。發 [t] 音時，聲帶不振動。例如：tela [téla]、pito [píto]、pato [páto]。

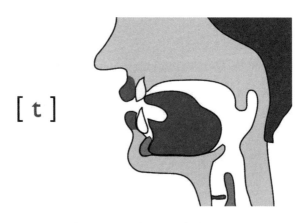

[t]

圖表 9　子音 [t] 發音圖

字母 t 通常都發本音，但是 t 若後面接子音（側音）[1] 時，會發成摩擦濁音[ð]。例如：atlas [áðlas]。國語注音符號ㄉ，發音時聲帶不振動，舌尖是抵住上齒齦，且舌尖離開上齒齦，空氣從此流出的力道比西班牙語子音 /t/ 弱很多。

/t/ 舌尖齒音、爆裂清音

| tela | taza | total | actor | pato |
| tren | cuatro | cortar | alta | chalet |

▶/d/ 舌尖、齒音、爆裂音、濁音

　　發音時，舌尖抵住上門牙的下緣，不讓空氣流出，隨即舌尖放開發聲，讓氣流送出，產生小爆裂音。

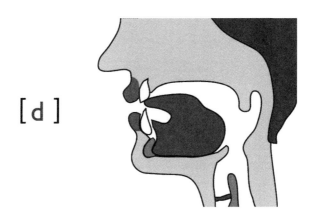

[d]

圖表 10　子音 [d] 發音圖

　　字母 d 在單字字首或緊接在子音（鼻音）[n] 或子音（側音）[1] 之後，都發本音[d]。例如：deber [deßér]、toldo [toldo]、un diente [úṇ djéṇte]、un dedo [úṇ déðo] 等等。字母 d 在字尾或 -ado 的情況下，像是 usted、callado，[d] 的發

音減弱，甚至完全消失，唸成 usté、callao。

　　台灣閩南語裡有相對的 [d] 爆裂濁音，不過是舌尖齒齦音。例如：桌頂 [toh⁴ ting²]。子音 /d/ 有一同位音：[ð] 舌尖齒間摩擦音、濁音。

跟著一起這樣唸

02-14

/d/ 舌尖齒音、爆裂音、濁音（注意字母 d 底下有畫線的部分才是發 [d] 音）

d̲ía	d̲ólar	d̲esde	d̲edo	d̲onde
tol̲do	d̲e	d̲el	d̲ar	d̲ragón

➡ [ð] 舌尖、齒間、摩擦音、濁音

　　發音時，舌尖輕觸上門牙下緣，氣流並不完全被阻塞地流出。然後舌頭迅速地伸出置於上下牙齒間，發出輕微的摩擦音。

　　發 [ð] 音的時機：當字母 d 不在單字的開頭，也不接在子音（鼻音）[n] 或子音（側音）[1] 後面時，或者字母 d 雖在單字的開頭，但發音時與上個單字字尾母音間沒有停頓，就發 [ð] 音。例如：cada [káða]、lado [láðo]、ese dedo [ése ðéðo] 等。

跟著一起這樣唸

02-15

[ð] 舌尖齒間摩擦音、濁音（注意字母 d 底下有畫線的部分才是發 [ð] 音）

dedo	desde	verdad	mudo	todo
ese día	cada	verde	lado	pedal

➡/k/ 軟顎、爆裂音、清音

　　發音時，雙唇打開，下巴自然往下拉，舌頭後部抵住軟顎，然後用力發聲讓氣流急速地衝出來，此時舌尖位置應低於下門牙，聲帶不振動，形成一無氣的爆裂清音。例如：casa [kása]、queso [késo]、paquete [pakéte]。

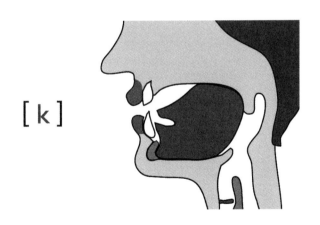

[k]

圖表 11　子音 [k] 發音圖

　　有些西班牙語音學家認為字母 k 是英語外來字，用來表

達度量衡的觀念。例如：kilo（公斤）、kilómetro（公里）等等。西班牙語本身就有自己的拼寫方式來發 [ka、ko、ku、ke、ki] 的音，亦即 ca、co、cu、que、qui。例如：cacao、coche、cucaracha、queso、Quito。

到這裡我們已經看過西班牙語三個爆裂音、清音子音 /p/、/t/、/k/。這三個音跟國語注音符號ㄅ、ㄉ、ㄍ聽起來似乎一樣，都是清音，聲帶不振動。不過從語音學的角度來觀察，它們彼此之間發音方式與發音部位是不完全一樣的。首先，發西班牙語爆裂清音輔音 [p、t、k] 時，聲門是封閉的，所靠的只是口腔裡僅有的空氣來發出氣聲；但是發中文ㄅ、ㄉ、ㄍ這三個輔音時，聲門是開放的，空氣在氣管內暢通無阻，自然發音時，肺部的空氣也會跑出來一些。儘管西班牙語輔音 [p、t、k] 發音時只能用口腔裡有限的空氣，然而爆裂音的程度卻不弱於發中文ㄅ、ㄉ、ㄍ這三個輔音。台灣閩南語也有清音爆裂子音 /k/，例如：改過 [kai^2 ko^3]、鬼怪 [kui^2 kuai^3]。

跟著一起這樣唸

02-16

/k/ 軟顎、爆裂音、清音（注意字母底下有畫線的部分才是發 [k] 音）

capa	coro	cura	queso	quitar
paquete	barco	toca	cuna	roca

➡ /g/ 軟顎、爆裂音、濁音

　　發音時，雙唇打開，下巴自然往下拉，舌頭後部抵住軟顎，然後發聲讓氣流送出來，此時舌尖位置應低於下門牙，聲帶振動，形成一無氣的爆裂濁音 [g]。

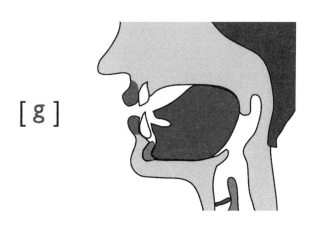

圖表 12　子音 [g] 發音圖

　　字母 g 後面接五個母音發本音的拼寫方式如下：ga、go、gu、gue、gui。

　　字母 g 發本音的時機如下：子音 /g/ 在單字字首或緊接在子音（鼻音）[n] 之後，都發本音 [g]。例如：gasa [gása]、guiso [gíso]、guerra [gér̄a]、Congo [kóŋgo]、un gato [úŋ gáto] 等。子音 /g/ 有一同位音：[ɣ] 軟顎、摩擦音、濁音。國語注音裡並沒有相對的 /g/ 軟顎、摩擦濁音，但是台灣閩南語有。例如：五月 [goo[7] gueh[0]]。

▶ 跟著一起這樣唸 ──────────

02-17　/g/ 軟顎、爆裂音、濁音（請注意字母底下有畫線的部分才是發 [g] 音）

g̲uapo	gordo	ganga	gato	g̲uiso
tengo	ponga	mango	goma	Congo

➡ [ɣ] 軟顎、摩擦音、濁音

　　發音時，雙唇打開，下巴自然往下拉，舌頭後部抵住軟顎，然後發聲讓氣流輕微的摩擦，比較像發法語的 r，像是漱口的聲音。

　　發 [ɣ] 音的時機如下：只要子音 g 不是在單字字首或緊接在子音（鼻音）[n] 之後，都發 [ɣ] 音。例如：hago [áɣo]、seguir [seɣír] 等。

▶ 跟著一起這樣唸 ──────────

02-18　[ɣ] 軟顎、摩擦音、濁音（請注意，在唸第二排時，兩個單字間不能有停頓，必須當作同一個字來唸，這樣才會發出 [ɣ] 音）

agua	lengua	agosto	seguir	luego
la gula	los guisos	la guerra	el gato	esa goma

　　爆裂音又稱爲塞音，綜合上述，我們已知道，發音時，當發音器官的某兩部分先緊緊靠攏，短暫地阻塞氣流通過，然後突然打開，讓氣流衝出來，所發出的聲音就是爆裂音或塞音。西班牙語的 /p/、/b/、/t/、/d/、/k/、/g/ 和英文的/p^h/、/b/、/t^h/、/d/、/k^h/、/g/ 這些音都是塞音。

　　下面我們就西班牙語和英語塞音不同的地方作一描述：

❶ 西班牙語的 /t/ 是不送氣的爆裂音，與英文送氣的爆裂音 /t^h/ 發音部位雖一樣，不過，母語爲英語的人很容易將西班牙語的 /t/（例如：*tos*）誤以爲是英文的 /d/（例如：*dos*）。

❷ 同樣地西班牙語的 /p/、/k/ 也是不送氣的爆裂音，母語爲英語的人很容易將西班牙語的 /p/、/k/ 聽成英文的 /b/、/g/。而在說話時，雖說 casa [kása] 唸成 [k^{h}ása] 都聽得懂，難免帶有濃厚外國腔的感覺。

(2) 摩擦音

　　按音韻學來看，構成西班牙語的摩擦音「音位」有五個：/f/、/θ/、/s/、/ĵ/、/x/。我們分別描述如下：

▶/f/ 唇齒、摩擦音、清音

　　發音時，下嘴唇靠近上門牙（圖裡虛線表牙齒向下咬住上嘴唇）形成一個狹窄的縫隙讓空氣從這個縫隙中衝出來，發出 [f] 音。聲帶不振動。字母 f 通常都發本音。例如：fe [fé]、café [kafé]、fama [fáma]。

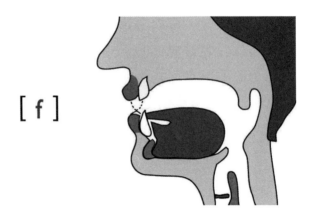

[f]

圖表 13　子音 [f] 發音圖

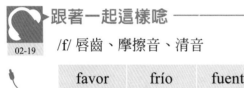

▶跟著一起這樣唸

02-19

/f/ 唇齒、摩擦音、清音

| favor | frío | fuente | fresa | feo |
| falso | fino | fin | café | ferrocarril |

➡ /θ/ 齒間、摩擦音、清音、有氣

　　此音為有氣清音的齒間摩擦音。發 [θ] 音時，雙唇微開，舌尖伸出置於上門牙與下門牙之間，氣流被擠壓由此流出，聲帶不振動。英文也有發 [θ] 音，不過西班牙語 [θ] 音的氣流強多了。

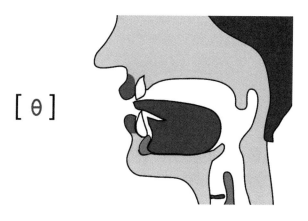

圖表 14　子音 [θ] 發音圖

發 [θ] 音的拼寫方式如下：za [θa]、zo [θo]、zu [θu]、ze [θe]、zi [θi] 與 ce [θe]、ci [θi]。例如：caza [káθa]、cocer [koθér] 等。

▶跟著一起這樣唸

02-20　/θ/ 齒間、摩擦清音（請注意字母底下有畫線的部分才是發 [θ] 音）

| pozo | cima | celo | César | cazar |
| cenar | conocer | zorro | cien | Zara |

➡/s/ 牙齦、摩擦音、清音、有氣

發音時，雙唇微開，上下齒輕合，舌尖靠近上齒齦，氣流從舌尖與齒齦縫間流出，聲帶不振動。

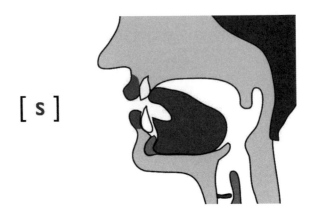

圖表 15　子音 [s] 發音圖

字母 s 發本音的時機如下：只要字母 s 不在字尾，後面也不接濁音子音時，都發本音。例如：casa [kása]、mesa [mésa] 等。

 • 國語注音裡的 ㄙ 與西班牙語子音 /s/ 發音相似，不過發西文 [s] 音時嘴唇較扁平，呈展唇的形狀。
• 子音 /s/ 有一同位音：[ʂ] 牙齦、摩擦音、濁音。

跟著一起這樣唸

02-21

/s/ 牙齦、摩擦音、清音、有氣

| saber | caso | casar | Isabel | seseo |
| sien | seis | siete | soy | pesar |

➡[ʂ] 牙齦、摩擦音、濁音

　　[ʂ] 的發音與本音 /s/ 的差別只在 [ʂ] 是濁音，聲帶振動。字母 s 只要後面接濁音子音時，都發成同位音 [ʂ]。例如：muslo [múʂlo]、mismo [míʂmo] 等。

　　齒間、摩擦音 /θ/ 在西班牙中部以北的地區，仍維持該音位的發音，而在西班牙南部與中南美洲，這個音已經消失了，取而代之的是牙齦、摩擦音 /s/。因此，這兩句話〈Me voy a cazar〉跟〈Me voy a casar〉若是從中南美洲人的口裡說出來，乍聽之下，還真不知道究竟是要去打獵〈cazar〉還是去結婚〈casar〉，因為都發成牙齦、摩擦音 [s]。甚至於牙齦、摩擦音 [s] 在中南美洲口語裡，若是出現在單字音節核心之尾，也發成摩擦聲門音 [h]。例如：este [éhte]、mismo [míhmo]、dos [doh] 等。有些地區乾脆連牙齦、摩擦音 [s] 都不發音了，所以〈este〉聽起來就變成 [ɛ́te]，dos 變成 [dó]。原本子音 /s/ 之前的母音發音都變短了，且發音時嘴唇略微張開些。

➡/ʝ/ 硬顎、摩擦音、濁音

　　發音時，舌面呈彎曲形狀，抵住硬顎前面與中央，堵塞了空氣的流通，然後舌頭鬆開，使舌面與硬顎之間讓出一條縫隙，氣流由此送出而發聲。聲帶振動。

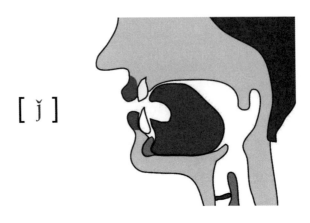

圖表 16　子音 [ǰ] 發音圖

　　/ǰ/ 代表子音發音的音標符號，書寫時用字母 y。如果發 [ǰ] 的音是在單字字首，有時會用＜hi-＞拼寫方式。

　　發子音 /ǰ/ 的時機如下：只要子音 /ǰ/ 不是緊接在鼻音、側音 [l] 之後，或出現在停頓後的單字起始音，都發 [ǰ] 音。例如：cayado [kaǰáðo]、mayo [máǰo]、la hierba [la ǰérßa] 等。

注意

・子音 /ǰ/ 有一同位音：[ɟ] 硬顎、塞擦音、濁音。中文、台灣閩南語都沒有相對的 [ǰ] 音。

跟著一起這樣唸

02-22　/ʝ/ 硬顎、摩擦音、濁音（請注意字母底下有畫線的部分才是發 [ʝ] 音）

yo	yerno	hielo	hierba	leyes
playa	vaya	ensayo	raya	bueyes

➡[ɟ] 硬顎、塞擦音、濁音

　　發音的方式與本音 /ʝ/ 一樣，發 [ɟ] 的時機如下：當子音 /ʝ/ 緊接在鼻音 [n]、側音 [l] 之後，因為受到 [n] 跟 [l] 的影響使得本音 /ʝ/ 在發音時與硬顎接觸面擴大，阻塞空氣一時的流通，變成硬顎化，同時帶有摩擦的塞音。例如：cónyuge [kónɟuxe]、el yugo [el ɟúɣo] 等。

　　[ɟ] 音標亦可用 [ʤ] 來表示，對學過 K. K. 音標的台灣學生來說並不陌生。中文、台灣閩南語都沒有相對的 [ɟ] 音。

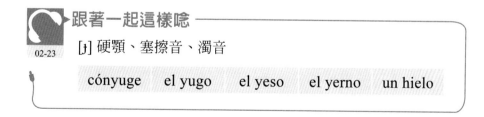

跟著一起這樣唸

02-23　[ɟ] 硬顎、塞擦音、濁音

cónyuge	el yugo	el yeso	el yerno	un hielo

➡/x/ 軟顎、摩擦音、清音

　　發音時，舌根靠近軟顎，氣流從舌根和軟顎之間的狹縫通

過。聲帶不振動。

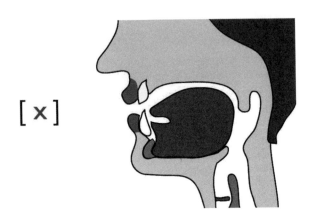

圖表 17　子音 [x] 發音圖

　　/x/ 代表子音發音的音標符號，書寫時用字母 j 或者字母 g 後面加上母音 [e、i] 時，都發本音。亦即 ja、jo、ju、je、ji 跟 ge、gi 為書寫方式，其發音依序是 [xa、xo、xu、xe、xi] 跟 [xe、xi]。例如：caja [káxa]、gitano [xitáno]、lejos [léxos] 等等。與中文的ㄏ音比較，西班牙語子音 /x/ 多了摩擦音。

跟著一起這樣唸

02-24　/x/ 軟顎、摩擦音、清音（請注意字母底下畫線部分才是發 [x] 音）

jota	jaleo	gente	jarra	mejor
jamón	geografía	reja	mujer	jefe

　　綜合上述，我們就西班牙語和英語摩擦音不同的地方分述如下：

❶ 英文的唇齒、摩擦音、有聲 /v/ 在中世紀的西班牙語曾經存在過，只是後來消失了。不過，在西班牙的加泰隆尼亞省 Cataluña 和瓦倫西亞省 Valencia 仍會聽到像是 vaso [báso] 唸做 [váso] 的情形，可能是受到當地方言的影響（Parkinson de Saz 1983：196）。

❷ 子音 /v/ 若出現在下個單字起首音是有聲的子音前，例如：<I have to go>，則發成無聲的子音 /f/。

❸ 母音在子音 /v/ 之前的發音（例如：calves [kævz]） 會比在子音 /f/ 之前（例如：calf [kæf]） 長些。

❹ 英語的摩擦音 /s/ 是舌尖齒齦音，西班牙語的摩擦音 /s/ 是舌葉齒齦音，且有一個同位音 [h]。[h] 這個音的產生是出現在音節之尾的舌尖齒齦音 [s] 消失不見了，estas [éstas] 唸成聲門閉鎖音：[éhtah]，甚至於乾脆不發任何音：[éta]。這些音多出現在西班牙南部安達魯西亞省、拉丁美洲海岸地區與靠海城市。不過，[h] 這個音的變化在拉丁美洲多數高原、高山地區沒有受到影響。

❺ <Seseo>是十七、十八世紀時南部西班牙語發音開始發生變化最明顯的例子。例如：casa [káSa]（家）與 caza [kása]（打獵）。前者子音大寫 [S] 是舌尖齒齦音，後者小寫 [s] 是舌尖齒音。時至今日，只有舌尖齒音還保留著，也就是說，casar 與 cazar 在西班牙南部地區都發音成 [kása]。不過，在北部與中部西班牙，舌尖齒音已轉變成舌尖齒間音 [θ]，因

此，casa [kasa] 與 caza [kaθa] 很容易聽出來是兩個不同音不同意義的單字。

❻ 英文的子音 /z/ 和 /ʃ/ 是西班牙語所沒有的音位。雖然有些人認為西班牙語的 isla [ísla]、asno [áşno] 裡的 [s] 出現在有聲子音前面發音近似於英文的子音 /z/，但兩者發音內涵是不一樣的。另外，台灣有些學生會把西班牙語單字像是 canción [kaŋθióŋ] 發成 [kaŋʃóŋ] 也是不對的，需提醒注意。

(3) 塞擦音

按音韻學來看，構成西班牙語的塞擦音「音位」只有一個：/č/（= /tʃ/）。我們描述如下：

➡ /č/ 硬顎、塞擦音、清音

發音時，舌面前和前硬顎接觸，不讓空氣流出，像是發爆裂音的緊張狀態，隨即舌頭突然放鬆，氣流衝出時產生摩擦，聲帶本身並不振動。

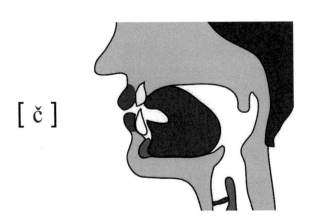

[č]

圖表 18　子音 [č] 發音圖

　　/č/ 音標亦可用 /tʃ/ 來表示，對學過 K. K. 音標的台灣學生來說並不陌生。/č/ 代表子音發音的音標符號，書寫時用 ch 兩個字母代表一個音。例如：chico [číko]。

跟著一起這樣唸
02-25　/č/ 硬顎、塞擦音、清音（請注意字母 ch 底下畫線部分才是發 [č] 音）

o<u>ch</u>o	he<u>ch</u>o	<u>ch</u>iste	co<u>ch</u>e	di<u>ch</u>a
ano<u>ch</u>e	du<u>ch</u>a	fe<u>ch</u>a	ma<u>ch</u>o	<u>Ch</u>ile

　　塞擦音是塞音和摩擦音的結合，只是先發塞音後摩擦。雖說是兩種發音方式的結合，不過和發塞擦音的部位是同一個的，它代表一個音位。/č/ 是西班牙語裡唯一的塞擦音位，例如：*chico* [číco]、*pecho* [pécho]。英文有兩個塞擦音，它們分別是 /tʃ/、/ʤ/。例如：*agent* [ˈeʤənt]、*lunch* [lʌntʃ]。有關西班牙語和英語塞擦音不同的地方，我們分述如下：

❶ 英文的塞擦音 [tʃ] 像是 [t] 和 [ʃ] 的組合，[ʤ] 則是 [d] 和 [ʒ] 的組合。不過 [tʃ] 和 [ʤ] 應該視為一個音段＜segmento＞，而不是一連串的子音組合。

❷ 英文的塞擦音 [tʃ] 發音時，舌尖較靠近上齒齦，不同於西班牙語的塞擦音 [č]，發音時，舌尖較靠近前硬顎。

(4) 鼻音

按音韻學來看，構成西班牙語的鼻音「音位」有三個：/m/、/n/、/ɲ/。我們分別描述如下：

➡ /m/ 雙唇、鼻音、濁音

發音時，雙唇閉攏，舌頭平放，**聲帶振動**，氣流經由鼻腔送出來。字母 m 只出現在音節核心之前，例如：mamá [mãmá]。

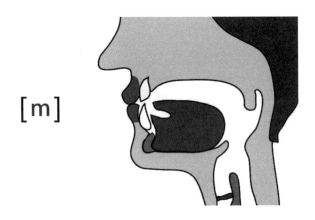

[m]

圖表 19　子音 [m] 發音圖

▶ 跟著一起這樣唸

02-26

/m/ 雙唇、鼻音、濁音

alemán	camisa	médico	maleta	cambio
malo	cama	encima	animal	cómodo

➡/n/ 舌尖、齒齦、鼻音、濁音

　　發音時，雙唇微開，舌尖抵住上齒齦，舌面兩側邊緣緊靠臼齒，將氣流阻擋在口腔中間，隨即舌尖離開上齒齦讓氣流送出，振動聲帶。

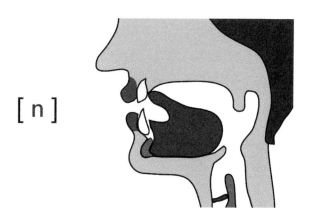

[n]

圖表 20　子音 [n] 發音圖

　　字母 n 發本音的時機如下：

❶ 子音 /n/ 位於音節核心，例如：cana (ca-na) [kána]、cono (co-no) [kóno]。

❷ 子音 /n/ 位於音節核心尾，後面緊跟著發齒齦音的輔音或母音，例如：insociable [insoθjáßle]、un lado [únláðo]、un eje [un eje]。

- 子音 /n/ 有六個同位音：

❶ [m] 雙唇、鼻音、濁音

發同位音 [m] 的組合情況：＜n + p＝[mp]＞、
＜n + b＝[mb]＞ 或＜n + m＝[m]＞。也就是字母
n 後面緊接著子音 [p]、[b] 或 [m] 時發雙唇鼻音
[m]。例如：un vaso [úm báso]。

❷ [ɱ] 唇齒、鼻音、濁音

發同位音 [ɱ] 的組合情況：＜n + f＝[ɱf]＞。也
就是字母 n 後面緊接著唇齒摩擦音 [f] 時發唇齒鼻
音[ɱ]。例如：un farol [úɱ faról]。

❸ [n̪] 舌尖齒間音、鼻音、濁音

發同位音 [n̪] 的組合情況：＜n + θ＝[n̪θ]＞。也就
是字母 n 後面緊接著舌尖齒間音 [θ] 時發舌尖齒間
音 [n̪]。例如：once [ón̪θe]。

❹ [n̪] 舌尖齒音、鼻音、濁音

發同位音 [n̪] 的組合情況：＜n + t＝[n̪t]＞ 或
＜n + d＝[n̪d]＞。 也就是字母 n 後面緊接著舌尖
齒音 [t] 或 [d] 時，發舌尖齒音 [n̪]。例如：dónde
[dón̪de]、lento [lén̪to]。

❺ [ɲ] 硬顎化鼻音、濁音

發同位音 [ɲ] 的組合情況：＜n + ch＝[ɲč]＞或
＜n + y＝[ɲɟ]＞。也就是字母 n 後面緊接著硬
顎音 [č]（書寫為 ch） 或硬顎音 [ɟ]（書寫為
y） 時，發硬顎化鼻音 [ɲ]。例如：un chico [úɲ
číco]、cónyuge [kóɲɟuxe]。

❻ [ŋ] 軟顎鼻音、濁音

發同位音 [ŋ] 的組合情況：＜n＋k＝[ŋk]＞或＜n＋g＝[ŋg]＞。也就是字母 n 後面緊接著軟顎音 [k] 或 [g] 時，發軟顎鼻音 [ŋ]。例如：manco [máŋko]、hongo [óŋgo]。

跟著一起這樣唸

02-27

子音 /n/ 與同位者 [m]、[ɱ]、[n̪]、[ɲ]、[ŋ]（注意字母 n 底下有畫線部分才是代表各個「同位音」的發音）

[m] 雙唇鼻音	un vaso	en pie	en Bélgica	un mazo
[ɱ] 唇齒鼻音	infame	un farol	confuso	confesar
[n̪] 舌尖齒間鼻音	once	lanza	un zapato	un cerdo
[n̪] 舌尖齒鼻音	dónde	cuándo	lento	diente
[ɲ] 硬顎化鼻音	un chico	un chalet	un yerro	cónyuge
[ŋ] 軟顎鼻音	manco	hongo	un gato	un cuento

➡ /ɲ/ 硬顎、鼻音、濁音

發音時，舌面前抵住前硬顎，阻止空氣由此流出，然後軟顎下降，空氣從鼻腔送出，振動聲帶發聲。例如：caña [káɲa]、leña [léɲa]。

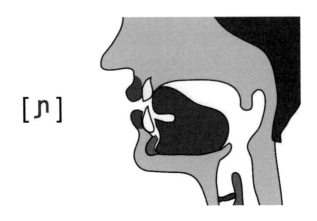

[ɲ]

圖表 21　子音 [ɲ] 發音圖

/ɲ/ 代表子音發音的音標符號，書寫時用字母 ñ。

跟著一起這樣唸

02-28

/ɲ/ 硬顎、鼻音、濁音

ñoño	España	baño	año	niño
niña	sueña	caña	daño	riña

(5) 邊音

　　從音韻學來看，構成西班牙語的邊音（或稱為側音）「音位」有兩個：/ʎ/、/l/。我們分別描述如下：

➡ /ʎ/ 硬顎、摩擦、側音、濁音

　　發音時，舌尖抵住上齒齦，舌面兩側邊緣亦抵靠上牙床，

感覺像是舌面中央與硬顎接觸，堵住空氣不經由舌尖部位流出，而是從舌頭兩側經由口送出，聲帶振動，產生 [ʎ] 音。我們要注意，/ʎ/ 與硬顎摩擦音 /j/ 的發音方式不同處在於：後者氣流是由口腔中間送出，而前者是從舌頭兩側或一側送出。

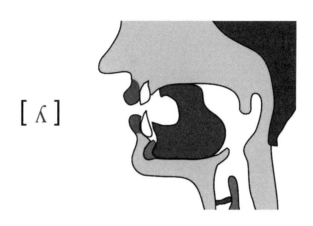

圖表 22　子音 [ʎ] 發音圖

　　/ʎ/ 代表子音發音的音標符號，書寫時用字母 ll（大寫 LL）。字母 LL 發本音。例如：llama [ʎáma]、calle [káʎe]、llave [ʎáße] 等。

　　[ʎ] 音在西班牙許多地區已不存在，取代這消失的側音是硬顎摩擦音 [j]。因此，我們會聽到原本 calle 唸做 [káʎe]，現在都發成 [káje]。西班牙文裡稱此一發音現象為＜YEÍSMO＞。

跟著一起這樣唸

02-29

/ʎ/ 硬顎、摩擦音、側音、濁音

llave	llama	lluvia	llover	llorar
lleva	calle	cepillo	bello	llana

➡ /l/ 牙齦、摩擦、側音、濁音

　　發音時，舌尖抵住上齒齦，堵住空氣不經由舌尖部位流出，舌面兩側邊緣亦抵靠上牙床，只留一些些縫隙，讓空氣產生摩擦，由舌頭兩側經由口送出，軟顎同時緊靠咽喉壁的位置。發本音時，必須振動聲帶。

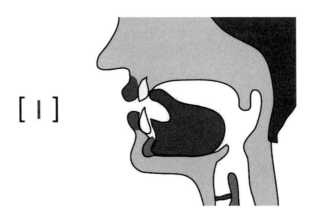

[l]

圖表 23　子音 [l] 發音圖

字母 l 發本音的時機如下：

❶ 字母 l 在音節核心前後，或後面接母音、停頓、與子音（除了 [t、d、θ] 之外）。例如：ala (a-la) [ála]、pala (pa-la) [pála]、mal [mál]、el aire [el ái̯re]、alférez [alféreθ]、pulpo [púlpo] 等。

❷ 當字母 l 置於字尾時，雖說是發本音，不過舌頭與上齒齦、牙床的接觸面較廣，時間也長些。例如：fácil、árbol。這個位置的 [l] 音對母語是中文的人來說，要正確發音不容易，需要多練習，同時避免發成注音符號的ㄦ音。發此音時，舌頭須停放在與上齒齦接觸的地方，延續前一個母音的發音。

• 子音 /l/ 有兩個同位音：
  ❶[l̪] 舌尖、齒間、摩擦音、濁音
    當字母 l 後面緊接著齒間摩擦音 /θ/，就發此同位音 [l̪]。例如：calzado [kal̪θáðo]、dulce [dúl̪θe] 等。
  ❷[l̪] 舌尖、齒音、側音、濁音
    當字母 l 後面緊接著舌尖齒音 /t/、/d/，就發此同位音 [l̪]。例如：caldo [kal̪do]、toldo [tól̪do]、el toro [el̪ tóro] 等。

跟著一起這樣唸

02-30

子音 /l/ 與同位音 [l̪]、[l̪]

/l/ 牙齦、摩擦、側音、濁音	hábil	cielo	lago
	el aire	papel	lucha
[l̪] 舌尖、齒間、摩擦音	calzado	dulce	realzado
[l̪] 舌尖、齒音、側音	caldo	toldo	el toro

綜合上述，發音時，如果舌尖和齒齦接觸，阻擋了氣流的出路，氣流只好從舌頭的兩側流出，這樣的音叫做「邊音」。西班牙語有兩個邊音 /ʎ/、/l/，例如：calle [káʎe]、pala [pála]。英文有一個邊音 /l/，與子音 /r/ 又同稱為「流音」＜líquido＞（注意 /r/ 不是邊音）。近來有些語音學家將英文的 /r/、/l/ 視為「中間臨界音」，例如：*rack* [ræk]、*lack* [læk]。所謂「臨界音」指的是發音時口腔雖然張開，但是沒有張大到像要發母音那樣，也沒有像發子音時產生的摩擦現象。

有關西班牙語和英語「邊音」不同的地方我們分述如下：

❶ 西班牙語的 /l/ 有兩個同位音：[l̪] 和 [l̪]。當子音 /l/ 出現在重音節位置，且後面緊跟著舌尖、齒間、摩擦音 /θ/，就會產生舌尖、齒間、邊音 [l̪]，例如：*dulce* [dúl̪θe]。另一個情況是：當子音 /l/ 同樣出現在重音節位置，後面緊跟著舌尖、有聲或無聲齒音 /d/、/t/，就會產生舌尖、齒邊音 [l̪]，例如：*toldo* [tól̪do]、*caldo* [kál̪do]。

❷ 英文的臨界邊音 /l/ 有兩個音位變體：一是出現在母音之前
　發音「清楚的邊音 /l/」＜clear lateral＞，例如：*late* [let]。
　另一個是出現在母音後面的「霧邊音 /l/」＜dark lateral＞，
　語音學家用符號 [ł] 來標示。發音時舌根盡量往軟顎靠近，
　因此也稱爲軟顎化邊音。例如：*fill* [fɪł]。西班牙語的邊音
　/l/ 若出現在單字結尾，舌尖是抵住上牙齦不動持續前一母音
　的發音，與英文的霧邊音 /l/ 相似但不完全一樣。例如：*al*、
　fácil、*el*、*toldo*。

❸ 英文的流音 /r/ 和 /l/ 發音部位都在牙齦後的硬顎處，所不同
　的是發 [r] 音時，舌尖是往後捲，氣流從捲曲的舌頭和齒齦
　間通過，並未產生摩擦，聲帶振動。而發 [l] 音時，舌尖抵住
　牙齦，氣流從舌頭的兩邊流出，具有邊音的特徵，與西班牙
　語的子音 /l/ 一樣。

❹ 承上述，西班牙語的子音 /r/、/r̄/ 發音部位雖然也是牙齦後的
　硬顎處，但是，發聲時是舌尖顫動，與前硬顎處做快速、間
　斷式的接觸。顫音 /r/ 與 /r̄/ 的區別在於前者舌尖顫動一次，
　子音 /r/ 必須是位在兩個母音之間，例如：*cara*、*coro*。後者
　/r̄/ 只要不是出現在兩個母音之間的其他位置，則是舌尖顫動
　多次，書寫上若用 ＜-rr-＞表示，舌尖亦顫動多次。例如：
　carro、*reloj*、*comer*、*alrededor*。

(6) 顫音

　　按音韻學來看，構成西班牙語的顫音「音位」有兩個：
/r/、/r̄/。顫音的特點是氣流在口腔內往嘴巴送出時，受到舌尖
與牙齦往來接觸、斷斷續續的阻礙，產生顫音。我們分別描述

如下：

➡/r/ 牙齦、捲舌、顫音、濁音

　　發音時，先捲起舌尖，快速敲擊上齒齦一下，讓氣流由此往嘴巴送出時，產生爆裂音，同時振動聲帶。

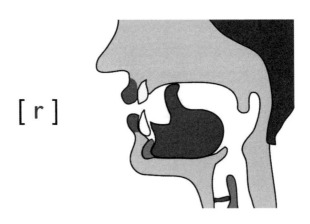

[r]

圖表 24　子音 [r] 發音圖

　　字母 r 發本音 [r] 的時機如下：

　　字母 r 不在單字字首，前面亦不接字母 l、n、m 時，或位於兩個母音中間，皆發本音。例如：pero [péro]、coro [kóro]、camarero [kamaréro] 等。

注意

• 中文注音符號裡的ㄖ雖然也是捲舌濁音，但發音部位在硬顎，是摩擦音，且舌尖並不振動。西班牙語的 [r] 是舌尖、牙齦、爆裂音，舌尖振動是其特徵。

跟著一起這樣唸

02-31

/r/ 牙齦、捲舌、顫音、濁音

caro	foro	ahora	mira	varear
para	torero	cero	loro	moro

➡ /r̄/ 牙齦、捲舌、顫音、濁音

　　/r̄/ 的發音方式和部位與前面介紹的子音 /r/ 一樣，只不過舌頭更向後捲起，敲擊上齒齦數下。氣流由此往嘴巴送出時，不僅振動聲帶，也振動小舌。

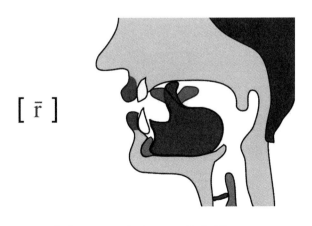

[r̄]

圖表 25　子音 [r̄] 發音圖

字母 r 發本音 [r̄] 的時機如下：

字母 r 出現在字首，或緊跟在子音 [l、n、r] 之後。若書寫時連寫兩個字母 rr，亦發連續顫音 [r̄]。例如：perro [pér̄o]、Enrique [enr̄íke]、alrededor [alr̄eðeðór]、roca [r̄oka]等。

跟著一起這樣唸

/r̄/ 牙齦、捲舌、顫音、濁音（請注意字母 r 底下畫線部分才是發 [r̄] 音）

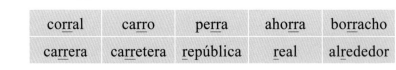

| corral | carro | perra | ahorra | borracho |
| carrera | carretera | república | real | alrededor |

6 綜合整理與複習

以下我們綜合整理與複習西班牙語「子音發音」需要注意的地方：

❶ d 在字尾發 [θ] 音：Madrid、ciudad、usted。
❷ p 在 t 前有時不發音：septiembre、séptimo。
❸ p 在 c 或 s 前仍發本音：eclipse、acepción。
❹ p 在 ps- 為單字字首時不發音，也不寫出：psiquiatría、

psicólogo。

❺ -nm- 在一起時，n 發音很輕：inmóvil、conmemorar。

❻ 字母 m 在字尾發成 鼻音 [n]：album、mínimum。

❼ 字母 c 在音節之尾發成 [k]：acta、octavo。有時說快時，乾脆省略不發音，例如：doctor。如果 c 出現在外來語的字尾，也是省略不發音。如 coñac。

❽ -cc- 在單字裡發成 [kθ]：dirección、acción。

❾ 字母 c 後面接母音的發音：ca [ka]、co [ko]、cu [ku]、ce [θe]、ci [θi]。若要發 [ke]、[ki] 的音則拼寫成 que [ke]、qui [ki]。另外，請比較 z 後面接母音的發音：za [θa]、zo [θo]、zu [θu]、ze [θe]、zi [θi]。

❿ 字母 g 後面接母音的發音：ga [ga]、go [go]、gu [gu]、ge [xe]、gi [xi]。若要發 [ge]、[gi] 的音則拼寫成 gue [ge]、gui [gi]。請比較 j 後面接母音的發音：ja [xa]、jo [xo]、ju [xu]、je [xe]、ji [xi]。

⓫ 字母 b 與字母 v 後面接母音 a、e、i、o、u 時，發相同的音。ba、be、bi、bo、bu 跟 va、ve、vi、vo、vu 都唸作 [ba、be、bi、bo、bu]。

⓬ 兩個子音之組合與例字：

b + l	bla blanca	blo bloque	blu blusa	ble bledo	bli blindar
b + r	bra bravo	bro broma	bru brutal	bre brecha	bri británico
c + l	cla clase	clo clorofila	clu club	cle clemente	cli cliente

c + r	cra cráneo	cro crónica	cru cruzar	cre crecer	cri criticar
d + r	dra drama	dro drogar	dru drupa	dre drenar	dri driblar
f + l	fla flaco	flo flojo	flu fluido	fle flete	fli flirteo
f + r	fra frase	fro frontero	fru fruta	fre fresa	fri frío
g + l	gla glasear	glo globo	glu glucosa	gle gleba	gli glicina
g + r	gra gratis	gro grotesco	gru grueso	gre gremio	gri gris
p + l	pla playa	plo plomo	plu pluma	ple pleito	pli pliego
p + r	pra practicar	pro profesor	pru prueba	pre precario	pri principal
t + l	tla atlántico	tlo ×	tlu ×	tle atleta	tli Tlilhua
t + r	tra traer	tro trompa	tru truco	tre tren	tri triple

7 音節

首先，我們須知道西班牙語強母音有三個：a、e、o，弱母

音有兩個：i、u。一個單字的音節計算主要是看它的母音。另外，要注意字母 ch、ll、rr 並非兩個子音，只是用兩個書寫字母表示一個「音位」，例如：mu-cha-cho、ca-lla、ba-rr-er。音節計算的方式我們分述如下：

(1)強母音代表一個音節，而雙母音中＜強母音＋弱母音＞、＜弱母音 ＋強母音＞、＜弱母音＋弱母音＞都代表一個音節。例如：ca-ma 有兩個音節；a-e-ro-puer-to 有五個音節，其中的 -ue- 是弱母音加強母音，形成雙母音，等於一個音節；ge-o-gra-f-í-a 有五個音節，其中的 -ía- 為兩個音節，是因為弱母音 i 加上重音變成了強母音 í，因此多了一個音節。否則原本的 -ia- 是雙母音，視為一個音節。

(2)兩個子音在一起時要分音節，也就是分開唸（不過有例外的情況，請看第(3)點）。另外，子音在字首、字中要跟後面的母音一起發音，但是，位於字尾時，跟前面的母音一起發音。例如：

🎧▶跟著一起這樣唸

02-34

| ma-jes-tad | al-re-de-dor | ver-dad | ca-paz | an-tes |
| man-za-na | ca-sa-mien-to | Is-ra-el | sos-la-yo | fá-cil |

(3)＜子音 ＋ l＞與＜子音 ＋ r＞的組合情況是兩個子音要一起發音的。例如：blu-sa、bru-tal、cla-se、cru-zar、dra-ma、flo-jo、fru-ta、glo-bo、gra-tís、plu-ma、pro-fe-sor、

a-tlán-ti-co、tra-er。以下我們列出兩個子音可一起唸組合的
方式。

 ▶跟著一起這樣唸

b + l	bla	blo	blu	ble	bli
b + r	bra	bro	bru	bre	bri
c + l	cla	clo	clu	cle	cli
c + r	cra	cro	cru	cre	cri
d + r	dra	dro	dru	dre	dri
f + l	fla	flo	flu	fle	fli
f + r	fra	fro	fru	fre	fri
g + l	gla	glo	glu	gle	gli
g + r	gra	gro	gru	gre	gri
p + l	pla	plo	plu	ple	pli
p + r	pra	pro	pru	pre	pri
t + l	tla	tlo	tlu	tle	tli
t + r	tra	tro	tru	tre	tri

02-34

(4)三個子音在一起時，前兩個子音跟前面的母音一起發音，最
後一個子音必須跟後面的母音一起發音，亦即：VCC + CV
（V 代表母音 vocal，C 代表子音 consonante）。例如：

跟著一起這樣唸

02-34

ins-pi-ra-ción	cons-tan-te	ins-pi-ra-ción	cons-ti-tuir
es-truc-tu-ra	sor-pren-der	cons-truc-ción	cons-ti-tu-ción

(5)承上述第(4)點，若三個子音中有兩個子音的組合方式是第(3)點列出的十三種情況，則第一個子音跟前面的母音一起發音，後兩個子音必須跟後面的母音一起發音。這「後兩個子音」指的就是前述十三種「兩個子音的組合方式」其中任一組。例如：

跟著一起這樣唸

02-34

res-plan-dor	des-pre-cio	hom-bre	in-glés
ham-bre	es-cri-bir	ten-dré	com-ple-to

(6)四個子音在一起時，前兩個子音跟前面的母音一起發音，後兩個子音必須跟後面的母音一起發音，亦即：VCC + CCV。例如：

跟著一起這樣唸

02-34

cons-truc-ción	abs-trac-ción	abs-tra-er	ins-truir
trans-cri-bir	ins-tru-men-to	abs-tru-so	obs-truc-ción

8　重音

　　西班牙語的「重音 acento」也是初學者學習發音時需要多練習的一部分，因為它與中文的四聲調「媽、麻、馬、罵」不一樣。中文的四聲調是藉著這四個音的高低變化所產生的對比，來達到辨義的功能。西班牙語的重音主要是單字的某一音節，事實上，這裡指的就是某一個母音唸得比較強，例如，continuo 繼續（名詞），continúo（我繼續、動詞、現在式），continuó（他繼續、動詞、過去式） 每個字拼寫都一樣，也都有表示「繼續」的含意，但是，這三個字分別表示不同的詞類、人稱與時態。我們再看下面的例子：

❶ término 結束（名詞）
　termino 我結束（動詞、現在式）
　terminó 他結束（動詞、過去式）
❷ ánimo 鼓勵（名詞）
　animo 我鼓勵（動詞、現在式）
　animó 他鼓勵（動詞、過去式）

▶ **重音規則**

　　以下我們介紹西班牙語重音的規則：

(1)單字的結尾若是母音 a、o、u、e、i 或子音 n、s，則重音落在倒數第二個音節。請記得這裡的「音節」指的就是母音。

為了讓初學者了解，下面的單字練習，我們會在字母唸重的底下畫線。

跟著一起這樣唸

02-35

c<u>a</u>ra	v<u>a</u>so	<u>a</u>ma	fl<u>o</u>te	Arac<u>e</u>li
t<u>o</u>man	v<u>i</u>ves	pi<u>e</u>rdes	hu<u>e</u>vo	coment<u>a</u>rio
l<u>e</u>che	ac<u>a</u>ban	b<u>ue</u>nas	restaur<u>a</u>nte	argent<u>i</u>no

(2)除了 n、s 以外的其他子音結尾，則重音落在最後一個音節。

跟著一起這樣唸

02-35

pap<u>e</u>l	fel<u>i</u>z	ciud<u>a</u>d	trabaj<u>a</u>dor	repet<u>i</u>r
Madr<u>i</u>d	ust<u>e</u>d	españ<u>o</u>l	inform<u>a</u>l	empez<u>a</u>r
llam<u>a</u>r	soci<u>a</u>l	super<u>i</u>or	voc<u>a</u>l	cap<u>a</u>z

(3)若違反上述兩項規則，有重音符號的地方，就按照重音符號唸，因為這代表單字重音讀法不符合以上的規則，才要特別加上重音標符號<´>。

跟著一起這樣唸

02-35

César	estás	árbol	jóvenes	gramática
número	están	corazón	lápiz	típico
teléfono	geografía	Taiwán	práctico	décimo

(4)若雙母音之弱母音上標有重音，則此弱母音隨即變成強母音，亦即形成兩個音節、兩個強母音。

跟著一起這樣唸

02-35

país	cafetería	frío	reír	actúa
continúo	geografía	ahí	envío	aún
día	ría	púa	salía	llovía

(5)如果雙母音必須標上重音標符號＜′＞，則標在強母音上：

跟著一起這樣唸

02-35

cuáles	después	qué	dieciséis	periódicos
portugués	farmacéutico	coméis	llamáis	compréis
estáis	expresión	también	emisión	cuántos

(6)西班牙語副詞若是以＜-mente＞結尾，重音仍維持在形容詞上，也就是說，保持原來形容詞重音的唸法。另外要注意的是，副詞結尾＜-mente＞必須加在陰性形容詞的後面。

▶跟著一起這樣唸

02-35

（注意底下畫線的部分即是字母唸重的地方）

❶ rápidamente = rápida + mente

❷ alegremente = alegre + mente

❸ inmediatamente = inmediata + mente

❹ perfectamente = perfecta + mente

❺ cortésmente = cortés + mente

(7)有些單數名詞變成複數時需刪掉重音標符號或加上重音標符號。

▶跟著一起這樣唸

02-35

alemán — alemanes　　margen — márgenes

joven — jóvenes

但是有三個名詞例外：

02-35

régimen — regímenes	carácter — caracteres
espécimen —especímenes	

(8)西班牙語有些單字拼寫方式雖然一樣，差別只在有無標示重
音標符號 <´>。但是必須注意的是：同一個單字標與不標重
音標符號，除了會改變詞類、意義，發音也不完全一樣。另
外，重音標一定是打在母音或雙母音的強母音上：

▶跟著一起這樣唸

02-35

el（陽性單數定冠詞） — él（他）

mi（我的） — mí（我 - 受格）

se（反身代詞） — sé（我知道）

si（如果） — sí（是）

tu（你的） — tú（你）

te（你 - 受格） — té（茶）

de（的） — dé（給 - 動詞虛擬式）

mas（但是） — más（更多）

aun （連、甚至於） — aún（仍然）

rey（國王） — reí（我笑 - 過去式）

este（這 - 指示形容詞） — éste（這 - 指示代名詞）

ese（那 - 指示形容詞） — ése（那 - 指示代名詞）

aquel（那 - 指示形容詞） — aquél（那 - 指示代名詞）

跟著一起這樣唸

02-35

cuando（當⋯-連接詞）— cuándo（何時？-疑問代名詞）

como（如同-連接詞）— cómo（如何？-疑問代名詞）

porque（因為-連接詞）— por qué（為什麼？-疑問代名詞）

hablo（我說-現在式）— habló（他說-過去式）

esta（這-陰性指示代詞）— está（在-動詞現在式）

(9)請注意：＜esto＞、＜eso＞、＜aquello＞這三個中性代名詞永遠不會打上重音標符號。

(10)選擇性連接詞＜o＞，如果出現在數字之間，有時候會標上重音標符號：＜ó＞，主要是避免被誤認為是數字 0。例如：1 ó 2。

9　連音

「連音 Enlance」是初學者在學完西班牙語發音之後，需要了解知道的一種「說話習慣」。初學者有可能在觀賞影片，聆聽西班牙語時發現，影片中人物的對話內容，聽起來似乎懂，卻又不確定自己聽到的是不是對的；也有可能一開始認為都聽不懂，但是看到字幕之後，有一種恍然大悟的感覺，心想原來每個單字都學過、唸過了，怎麼串成一句話就不知所

云。這其中原因就是「連音」的應用。舉例來說，<¿Es usted español?> 這句話<usted>單字裡字母 d 發舌尖、齒間、摩擦清音 [θ]，可是跟後面單字<español>的起首母音 [e] 連音後，這時字母 d 就改發成舌尖、齒間、摩擦濁音 [ð]，唸快時<usted_español> 聽起來像是一個單字。連音的學習要靠多聽、多唸，實際體會應用時的語感。以下我們分別介紹使用「連音」的時機。

(1)「兩個不同的母音」。兩個單字，前一個單字字尾的母音與後一個單字字首的母音連音，亦即<-V1 + V2->。V1、V2 是不同的母音。請注意 V 代表母音<Vocal>。

跟著一起這樣唸

02-36

❶ Haga ＿ el favor.

❷ Coma ＿ un poco.

❸ Poco ＿ a poco.

❹ Esto ＿ está bien.

(2)「兩個相同的母音」。兩個單字，前一個單字字尾的母音與後一個單字字首的母音連音，亦即<-V1 + V2->。V1、V2 是相同的母音。發音時通常只會聽到一個母音的發音。

跟著一起這樣唸

02-36

❶ Es casi _ imposible.

❷ Abre _ el libro.

❸ Vaya _ al cine.

❹ En esas montañas hay _ indicios de glaciarismo.

(3)「兩個相同的子音」。兩個單字，前一個單字字尾的子音與後一個單字字首的子音連音，亦即<-C1 + C2->。C1、C2是相同的母音。請注意 C 代表子音<Consonante>。發音時通常只會聽到一個子音的發音。

跟著一起這樣唸

02-36

❶ Estas cajas _ son mías.

❷ un número de diez _ cifras.

❸ ¿Cuál de ellos prefieres, el _ largo o el corto?

❹ Siga las _ siguientes indicaciones para manejar la máquina.

(4)「三個母音在一起」。三個單字，前一個單字字尾的母音與後一個單字字首的母音連音，亦即<-V1 +V2 + V3->。V1、V2、V3 可能是相同或不相同的母音，且 V2 是單音節的母音。要注意的是，若前後母音相同，在唸的時候，第二個單字字首母音雖延續前一個相同母音的發音，但語調應稍

微上揚，像範例❶；若第二個單字是介系詞＜a＞，則介系詞
＜a＞幾乎跟前一個母音發同一音，但是第三個單字字首的母
音在唸的時候，語調就要稍微上揚，像範例 ❷。

跟著一起這樣唸

02-36

❶ Por favor, usted vea ‿ aquí.

❷ José habla ‿ a ‿ Alicia.

❸ Ya ‿ ha ‿ oído ‿ usted.

❹ No ‿ ha ‿ empezado.

(5)「母音 ＜y＞ 的出現」與前一個母音或後一個母音唸起來像
　　是在發雙母音的音。亦即＜-V1 + y + V2-＞。

跟著一起這樣唸

02-36

❶ Voy ‿ a ‿ empezar.

❷ Asia ‿ y ‿ Europa.

❸ Hoy ‿ o ‿ ayer.

❹ Hermano ‿ y ‿ hermana.

(6)「子音+母音」的連音。子音在前一個單字字尾與後一個單
　　字字首的母音所產生的連音，亦即＜-C + V-＞。

跟著一起這樣唸

❶ Estamos ＿ en ＿ Asturias.

❷ ¿Es ＿ usted ＿ español?

❸ El ＿ español ＿ es lengua oficial de España.

❹ Papel ＿ amarillo.

10 發音整理、複習與比較

　　我們知道人與人之間的溝通主要靠的是聲音，也就是「語言」來傳達訊息。但是世界上的語言何其多，我們也只對熟悉的語言能產生認知的情感與反應，對於聽到我們陌生不熟悉的語言時，任何的單字、語句都不過是一連串沒有意義的噪音。事實上，母語的學習大腦自有其一套吸收轉換的方式，然而隨著年齡增長，大腦的語言學習能力就變得越來越遲鈍、緩慢，其關鍵就是母語與外語之間的相異處，換句話說，學好發音最大的障礙其實是來自母語習性的干擾。所以，成年人的第二外語學習就必須依賴「音標」的輔助。舉例來說，透過「國際音標」與 K. K. 音標的表音系統，我們可以比較西班牙語跟英語的音韻系統，進行口語發音的說明和釋疑，並提供初學者一個正確的學習方向。我們強調音標的學習對初學者十分重要，例如，拉丁美洲的西班牙語（或稱為卡斯提亞語），子音 [s] 與 [θ] 的發音是一樣的，但是在西班牙這兩個音在表意上是有差別的：一個是牙齦摩擦音無聲 [s]，另一個是齒間摩擦音無聲

[θ]。簡而言之，音標的功用除了記載各種不同的語音，便利發音的研究，更重要的是它能夠幫助初學者了解如何發出特定的音，認識不同音之間的差別，進而能夠自我判斷他所講的跟聽到的是否合乎標準。

　　本書主要在描述西班牙語母音和子音的發音，除了藉由上述音標符號的認識，我們同時介紹有關語音學、音韻學和聲學語音學方面的知識，同時在一些發音學習上和我們熟悉的英語做比較。在此我們做一簡單回顧。

　　每個語言都有代表該語言基本的音位。音位可再分為兩種：「音位」和「非音位」。前者具有區別語義功能的音素，後者則可能是某個音位的「同位音」或「音位變體」。另外，代表某一語言的音素在另一個語言有可能會變成同位音，反之亦然。例如，在英文這兩句話裡：「*He beat his brother for lying*」跟「*The dog was pulling the newspaper to bits*」，單字 *beat* [bit] 和 *bit* [bɪt] 裡的母音 /i/ 跟 /ɪ/ 是兩個不同的音位，不能互換，因此造成 *beat* [bit] 和 *bit* [bɪt] 兩個完全不同意義的單字。然而，在西班牙語裡，長母音、短母音的區別只有說話時感覺到音長的不一樣，但是不會造成意義上的改變。例如：單字 *isla* 要唸作 [í：sla] 或者是 [ísla] 都可以，意義上都是一樣的。

　　我們再以子音 [d]、[ð] 為例，這兩個音在英文裡代表不同的音位，所以當我們唸 [de]、[ðe] 時，它們是代表 day [de]、 they [ðe] 兩個不同意義的單字。不過，[de]、[ðe] 對西班牙語為母語的人來說，並沒有意義上的區別。因此，這兩個音在西班牙語裡不可能「形成最小配對」，而是呈現「互補分布」，也就是說它們是屬於同一個音位的同位音。

　　總而言之，我們常以爲「會說話」是件自然而然的事，但「把話說清楚」——這裡指的是「把音發好」——是一件重要的事，尤其是在第二外語學習上，「說清楚、聽明白」是一件看似簡單卻是不容易的事。另外，我們相信語音學與音韻學上的知識能幫助我們「把話說得更好」，同時更能體會到語言是人類在萬物之靈中獨有的瑰寶。

▶ 母音、子音發音比較與複習

　　本章我們我們以圖表的方式，按發音部位、發音方式將西班牙語的母音、子音重新整理，並加上範例單字，幫助發音練習。

母音	發音部位與方式	範例
/a/	舌位低、舌面中央	*casa* [kása]
/e/	舌位正中高、舌面前	*Pepe* [pépe]
/i/	舌位高、舌面前	*hijo* [íxo]、*¿y tú?* [i tú]
/o/	舌位正中高、舌面後	*ojo* [óxo]
/u/	舌位高、舌面後	*uva* [úba]

圖表 26　西班牙語母音

母音	發音部位與方式	範例
/ɑ/	舌位低、舌面後	*got* [gɑt]
/ɔ/	舌位半、舌面後	*dog* [dɔg]
/o/	舌位正中高、舌面後	*home* [hom]
/ʊ/	舌位半高、舌面後	*put* [pʊt]
/u/	舌位低、舌面後	*food* [fud]
/ə/	舌位半低、舌面中	*about* [əˊbaut]
/ɚ/	舌位半高、舌面中	*farmer* [ˊfɑrmɚ]
/ɝ/	舌位半高、舌面中	*firm* [fɝm]
/ʌ/	舌位低、舌面中	*cut* [kʌt]
/æ/	舌位低、舌面前	*cat* [kæt]
/ɛ/	舌位半低、舌面前	*bet* [bɛt]
/e/	舌位正中高、舌面前	*eight* [ˊet]
/ɪ/	舌位高、舌面前	*bit* [bɪt]
/i/	舌位高、舌面前	*seen* [sin]

圖表 27　英語母音

子音	發音部位	發音方式	範例
/p/	雙唇	爆裂音、無聲	*tapa* [tápa]、*Pepe* [pépe]
/b/	雙唇	爆裂音、有聲	*bote* [bóte]、*vaso* [báso]
/t/	舌尖齒音	爆裂音、無聲	*tela* [téla]、*pito* [píto]
/d/	舌尖齒音	爆裂音、有聲	*deber* [deßér]、*toldo* [toldo]
/k/	軟顎	爆裂音、無聲	*casa* [kása]、*queso* [késo]

圖表 28-1　西班牙語子音

子音	發音部位	發音方式	範例
/g/	軟顎	爆裂音、有聲	gasa [gása]、guiso [gíso]
/f/	唇齒	摩擦音、無聲	café [kafé]、fama [fáma]
/θ/	齒間	摩擦音、無聲	caza [káθa]、cocer [koθér]
/s/	牙齦	摩擦音、無聲	casa [kása]、mesa [mésa]
/ǰ/	硬顎	摩擦音、有聲	mayo [mážo]、cayado [kažáðo]
/x/	軟顎	摩擦音、無聲	caja [káxa]、gitano [xitáno]
/č/	硬顎	塞擦音、無聲	ocho [óčo]、chico [číko]
/m/	雙唇	鼻音、有聲	mamá [mãmá]、malo [málo]
/n/	舌尖齒齦	鼻音、有聲	cana [kána]、un eje [un éje]
/ɲ/	硬顎	鼻音、有聲	caña [káɲa]、leña [léɲa]
/ʎ/	硬顎	摩擦側音、有聲	llama [ʎáma]、llave [ʎáβe]
/l/	牙齦	摩擦側音、有聲	pala [pála]、mal [mál]
/r/	牙齦	顫音（舌尖振動一次）、有聲	pero [péro]、coro [kóro]
/r̄/	牙齦	顫音（舌尖振動多次）、有聲	perro [pér̄o]、roca [r̄oka]

圖表 28-2　西班牙語子音

子音	發音部位	發音方式	範例
/p/	雙唇	爆裂音、無聲、送氣	epoch [ˈɛpək]、helped [hɛlpt]
/b/	雙唇	爆裂音、有聲	bridge [brɪʤ]、bright [braɪt]

圖表 29-1　英語子音

子音	發音部位	發音方式	範例
/t/	舌尖齒音	爆裂音、 無聲、送氣	*asked* [æskt]、*chute* [ʃut]
/d/	舌尖齒音	爆裂音、有聲	*lived* [lɪvd]、*called* [kɔld]
/k/	軟顎	爆裂音、 無聲、送氣	*king* [kɪŋ]、*antique* [ænˈtik]
/g/	軟顎	爆裂音、有聲	*leg* [lɛg]、*fatigue* [fəˈtig]
/f/	唇齒	摩擦音、無聲	*fatigue* [fəˈtig]、*photo* [foto]
/v/	唇齒	摩擦音、有聲	*van* [væn]、*vision* [ˈvɪʒən]
/θ/	齒間	摩擦音、無聲	*think* [θɪŋk]、*thick* [θɪk]
/ð/	齒間	摩擦音、有聲	*this* [ðɪs]、*worthy* [ˈwɝðɪ]
/s/	牙齦	摩擦音、無聲	*tax* [tæks]、*school* [skul]
/z/	牙齦	摩擦音、有聲	*dessert* [dɪˈzɝt]、*zero* [ˈzɪro]
/ʃ/	牙齦硬顎	摩擦音、無聲	*issue* [ˈɪʃʊ]、*nation* [ˈneʃən]
/ʒ/	牙齦硬顎	摩擦音、有聲	*vision* [ˈvɪʒən]、*azure* [ˈæʒɚ]
/h/	聲門	摩擦音	*who* [hu]、*whole* [hol]
/tʃ/	牙齦硬顎	塞擦音、無聲	*Christian* [ˈkrɪstʃən]
/ʤ/	牙齦硬顎	塞擦音、有聲	*danger* [ˈdenʤɚ]、*rage* [reʤ]
/m/	雙唇	鼻音、有聲	*hymn* [hɪm]
/n/	舌尖齒齦	鼻音、有聲	*nation* [ˈneʃən]
/ŋ/	軟顎	鼻音、有聲	*think* [θɪŋk]、*pink* [pɪŋk]
/l/	牙齦	摩擦側音、有聲	*lived* [lɪvd]、*ghastly* [ˈgæstlɪ]
/r/	牙齦	捲舌側音、有聲	*rouge* [ruʒ]、*resign* [rɪˈzaɪn]
/w/	軟顎	滑音、有聲	*whale* [hwel]
/j/	硬顎	滑音、有聲	*yacht* [jɑt]、*ague* [ˈegju]

圖表 29-2　英語子音

▶ 西班牙語和英語的「音節」

　　「音節」的研究亦是比較個別語言差異的地方。在整個音節結構上，音節要有聲母、核心及韻尾。首先，我們觀察英文的音節結構如下：(C)(C)(C)V(C)(C)(C)(C)。我們發現英語的聲母 ＜onset＞ 可以有一個或兩個子音，例如：beat [bit]、tray [tre]；也可以有三個子音，例如：spring [sprɪŋ]。母音為音節核心 ＜nucleus＞。韻尾 ＜coda＞ 亦可以有一到三個子音，例如：break [brek]、binge [bɪnʤ]、text [tɛkst]。如果韻尾出現四個子音，例如：twelfths [twɛlfθs]，都是添加詞綴的部分。

　　西班牙語的音節結構如下：(C)(C)V(C)(C)。西班牙語的聲母 ＜onset＞ 可以有一個或兩個子音，例如：ven、blanco。母音亦為音節核心＜nucleus＞。韻尾＜coda＞ 也是一到兩個子音，例如：fácil、subscribir。西班牙語的聲母最多兩個子音，與英文比起來少了一些。我們在「第二章 7 音節」有列出西班牙語兩個子音的組合方式，可以發現都是＜塞音＋邊音 /l/＞、＜塞音＋顫音 /r/＞、＜摩擦音 /f/＋邊音 /l/＞、＜摩擦音 /f/＋顫音 /r/＞ 的情形。這也意味著母語是西班牙語的人在學習英語，若遇到上述＜西班牙語兩個子音的組合方式＞以外的子音組合方式，就需多反覆練習。不過，英文的＜塞音＋/r/＞，子音 /r/ 是中間臨界音，發音時舌尖是往後捲，氣流從捲曲的舌頭和齒齦間通過，與西班牙語的舌尖顫音發聲方式不一樣。

▶ 學習西班牙語發音需注意的事項

　　母語是中文或是台灣閩南語的人，學習西班牙語發音時會發現到許多音，更準確地說「音位」或「語音結構」並不存在他所說的母語裡，這些都是一開始學習西班牙語困難的地方，我們分別敘述如下：

(1)學習西班牙語發音時，清音與濁音是最難聽懂或者辨認的音，例如：[p/b]、[t/d]、[k/g]。這是因為中文的爆裂音都是清音，也就是聲帶不振動，所以，[ㄅ/ㄆ]、[ㄉ/ㄊ]、[ㄍ/ㄎ]這三組它們之間的差異不在於清音與濁音，而是不送氣與送氣的區別。台灣閩南語雖說有清音與濁音的分別，例如：「頒布 [pan¹ poo³]」跟「蜘蛛 [ti¹ tu¹]」是清音，「無尾 [bo⁵ bue²]」跟「言語 [gian⁵ gu²]」是濁音。但是濁音在台灣閩南語近年來有消失的趨勢，這可以從母語是台灣閩南語的人漸漸無法分辨清音與濁音中看出端倪。

(2)西班牙語音中兩個子音的結合：bl、br、cl、cr、dr、fl、fr、gl、gr、pl、pr、tl、tr，在西文裡是很普遍的。例如：blanca、breve、clase、crema、dragón、flecha、gloria、griego、pluma、profesor、atlántico、tren。不過這樣的語音結構卻是中文所沒有的。而子音 /l/、/r/、/j/、/θ/ 出現在音節之尾，例如，fácil、beber、reloj、usted，也是中文沒有的。

(3)中文也沒有西班牙語的顫音 /r/、/r̄/，不過，這個音要聽出來並不困難。倒是要能分辨和準確發出上述第(2)點「兩個子音

的結合」中 [l] 與 [r] 的音（例如：c<u>l</u>ase / c<u>r</u>aso） 就不是那麼容易了，需注意舌頭在口腔內位置的變化。

(4)中文的雙母音中第二個母音跟西班牙語比起來發音較短促。例如：c<u>au</u>sa / 早 [zau]、s<u>ie</u>te / 也 [ye]。

(5)「重音」在西班牙發音中具有辨義的功能，就像中文有四聲調一樣，必須用心學習。例如：continuo、continúo、continuó 這三個字都有表示「繼續」的含義，continuo 是名詞，表示「繼續」；continúo 是動詞現在式第一人稱表示「我繼續（現在）」；continuó 是動詞過去式第三人稱表示「他繼續（過去時間）」。

▶ 西班牙語和英語發音之比較

有關西班牙語和英語發音上的差異，我們分別敘述如下：

(1)學習英語發音時，清音與濁音的辨認，雖然不像西班牙語那樣難聽懂，不過，濁音仍是一種辨音成份，具有辨義的功能，與清音可產生對比的作用。例如：

❶ mouse [maʊs] *n.* 老鼠 / mouse [maʊz] v. 捕鼠
❷ refuse [ˈrɛfjus] *n.* 垃圾 / refuse [rɪˈfjuz] v. 拒絕

(2)英語和西班牙語都是拼音語言，不過前者之發音規則較後者複雜許多。以單字 chocolate 為例，英語唸作 [ˈtʃɔkəlɪt]，西班牙語則是 [ˈtʃokolate]。西班牙語單字的發音基本上與其字

母表的發音相差不多，因此，一般介紹完發音規則後，看到
單字應該就唸得出來，無需藉助音標的發音提示。然而，英
文就不一樣了，同一個母音或子音可以有不同的拼寫方式，
甚至於不同的發音方式卻有相同的唸法。這些都會增加記憶
的負擔與學習上的困難。請看下面子音 /ʤ/ 的範例，以及不
同的唸法但都用字母＜ch＞、＜o＞之拼寫方式：

❶子音 /ʤ/：exaggerate [ɪgˈzæʤəret]；bridge [brɪʤ]；dan-
ger [ˈdenʤɚ]
❷字母＜o＞不同的唸法：hot [hɑt]；to [tu/tə]；son [sʌn]；
move [muv]
❸字母＜ch＞不同的唸法：
[tʃ]：challenge [ˈtʃælɪnʤ]；champion [ˈtʃæmpɪən]
[ʃ]：machine [məˈʃin]；chute [ʃut]
[k]：ache [ek]；epoch [ˈɛpək]
[ʤ]：Greenwich [ˈgrinwɪʤ]；spinach [ˈspɪnɪʤ]

(3)兩個、三個甚至於四個子音之組合，亦是英語發音上需要
多聽、多練習的地方，例如：three [θri]、sharped [ʃɑrpt]、
waltzed [wɔltst]、twelfths [twɛlfθs]。
(4)英語子音不發音的情況遠多於西班牙語。西班牙語嚴格來說
只有字母 h 出現在單字裡時都不發音，但是它仍具有辨義的
功能，所以 hola（哈囉） 跟 ola（波浪） 發音相同，意思卻
是不一樣的。英語字母不發音的情況我們列舉下面的單字：
clim(b)、(h)onest、i(s)land、ta(l)k，cor(p)s，(p)sychology、

si(g)n、*autum(n)*、*hym(n)*、*debu(te)*。圓括弧內的字母是不發音的。這樣的發音現象可以有下面的解釋：英語本身也是拼音語言，對外來語的字彙它亦會透過同化作用，將外來語字彙的發音轉變成符合英語自身的語音結構，使其唸起來較像母語的發音。

(5) 英語的母音明顯地多於西班牙語，因此在發音時自然會涉及更多的舌位高低變化，尤其是非中央元音＜schwa＞：/ə/，經常出現在非重讀音節，例如：accompany [əˈkʌmpənɪ]，且語法上許多功用字像是 can、have、am、to、a、an、of 等等都帶有輕母音 /ə/ 的音。所以，多聽、多說、多練習仍是學好發音的不二法門。

　　總而言之，不論是西班牙語或者是英語，要學好發音，就要掌握好發音部位，發音部位不對，發出來的音就不正確。以母語的學習過程來看，小孩子牙牙學語的時候，即使有些音一開始會發得不正確，但是在經過大人與孩子本身不斷地修正、模仿和練習，最後應該都能達到說好母語的標準，這其中還有一最重要的先決條件，那就是生理上聽覺跟發音器官都沒有問題。也因為這樣，學習第二外語時，我們多半會專注在教學內容跟強調學習者本身的學習方式，希望在多聽、多模仿，進行大量的練習下，把正確的發音基礎建立起來。

Este es el

capítulo III.
第3章

capítulo I.
第1章

capítulo II.
第2章

capítulo IV.
第4章

第**3**章　語音學、音韻學........103

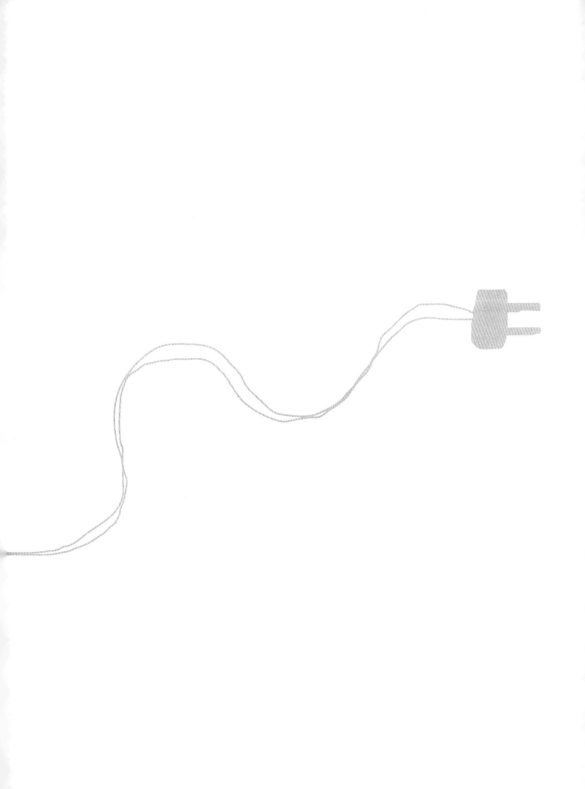

語音學、音韻學

1 語音學

　　自然界的聲音數不盡，也難以去完整地劃分歸納聲音的種類和屬性，可是人類的聲音就不一樣了。儘管我們也可以就我們的發音器官，去模仿發出各種聲音，像是貓狗動物的叫聲、機械的噪音等等。但是地球上沒有一種生物像人類一樣，只利用幾十個音位＜fonema＞來做彼此間說話交談的聲音基礎。這裡的聲音基礎指的就是「語音」。語音是構成語言聲音的最小單位，不同的語言其語音成份並不完全一樣。以下圖為例：語言甲跟語言乙有交集的部分就是兩者具有相同的音位，說語言甲的人可以從說語言乙的人聽出一些熟悉的語音。例如：英文跟西班牙語都有唇齒摩擦清音 [f]，當西班牙人聽到英文 fun [fʌn] 這個字，他聽得出 [f] 音，相反地，講英文的人一定也聽得出西班牙語 fama 的 [f] 音。但是英文的牙齦、硬顎、摩擦音、無聲 [ʃ] 跟西班牙語的舌尖、齒齦、顫音、有聲 [r̄] 都是對方沒有的音位，所以不應出現在下圖語言甲跟語言乙重疊的部分。

圖表 1　聲音和語音

　　瑞士語言學家 Ferdinand de Saussure 將「語言（能力）lenguaje」分為兩大部分：「語言 lengua」與「言語 habla」。「語言 lengua」是單一社區組成份子約定成俗講的話，大家彼此用相互認知的語言說話，即使是創新名詞或流行語句，也得經過這一社區大部分人的認同與時間的考驗，才有可能溶入該語言的字彙傳承。例如，西班牙皇家語言學院編的辭典＜Diccionario de la Lengua Española de la Real Academia Española＞，每隔一些時間都會增刪字典裡的詞彙。不過，決定這些新的、舊的詞彙去留並不是那些字典編纂者，而是依整個社區語言使用者的取向。所以，「語言 lengua」不同於「言語 habla」，是超越個人的。「言語 habla」是指一個人在一定時間、場合實地使用該語言的表現。儘管是屬於個人的行為，但是這行為表現是發生在兩個人（或以上）的交談過

程中，若使用的語言沒有共通性，也不可能達到溝通的目的。
Ferdinand de Saussure 區別語言的內部要素和外部要素，把語言當作符號系統，由「能指 significante」的聲音、印象和「所指 significado」的概念組成。

　　綜合上述所言，個人的「言語」是反應出每個人說話時如何發音的情形，是屬於「語音學 Fonética」的研究。而「語言」是一群人共同的說話內涵，它由固定的音位構成，研究這些音位的改變或替代造成字義上的不同則是「音韻學 Fonología」的工作。

2 音韻學

　　「音韻學」所描寫的是一種語言本身的語音系統。每個人從牙牙學語開始就一直在建立、使用該語言的語音模式。跟語音學不同的是音韻學所關心的是語音抽象面和說話者心理層面，語音學則是生理上具體的發音方式。例如，從下面的圖表，我們可以分別觀察到＜西班牙語基本拼音：子音＋母音的組合情形＞、＜母音＋子音出現在單字字尾的組合情形＞、＜母音＋子音出現在音節之尾的組合情形＞。這些個別語言的現象對使用該語言的人來講並不重要，而且他們已經不自覺地在使用了。作者曾聽西班牙一小學生說，他會講西班牙語，可是不要問他類似＜西班牙語基本拼音＞或＜現在式的動詞變化＞的問題。可見語言對絕大多數的人來說，首要需求是溝通

交流，傳遞訊息，至於其他研究分析的問題則是語言學家的工作。

AFI	子音＋母音的組合				
[b]	ba va	bo vo	bu vu	be ve	bi vi
[č]	cha	cho	chu	che	chi
[d]	da	do	du	de	di
[f]	fa	fo	fu	fe	fi
[g]	ga	go	gu	gue	gui
[h]	ha	ho	hu	he	hi
	h 在單字拼音都不發音				
[x]	ja	jo	ju	je ge	ji gi
[k]	ka ca	ko co	ku cu	ke que	ki qui
[l]	la	lo	lu	le	li
[ʎ]	lla	llo	llu	lle	lli
[m]	ma	mo	mu	me	mi
[n]	na	no	nu	ne	ni
[ɲ]	ña	ño	ñu	ñe	ñi
[p]	pa	po	pu	pe	pi
[r]	ra	ro	ru	re	ri
[r̄]	rra	rro	rru	rre	rri
[s]	sa	so	su	se	si
[t]	ta	to	tu	te	ti

圖表 2-1　西班牙語基本拼音：＜子音＋母音＞的組合情形

AFI	子音＋母音的組合				
[j]	ya	yo	yu	ye	yi
[θ]	za	zo	zu	ze ce	zi ci

圖表 2-2　西班牙語基本拼音：＜子音＋母音＞的組合情形

d	-ad	×	-ud	-ed	-id
f	×	×	-uf	×	×
j	-aj	-oj	×	×	×
l	-al	-ol	-ul	-el	-il
m	×	×	-um	×	×
n	-an	-on	-un	-en	-in
p	-ap	-op	-up	-ep	-ip
r	-ar	-or	-ur	-er	-ir
s	-as	-os	-us	-es	-is
t	×	×	×	et	it
y	-ay	-oy	-uy	-ey	×
z	-az	-oz	-uz	-ez	-iz

圖表 3　＜母音＋子音＞出現在單字字尾的組合情形

b	-ab	-ob	×	×	×
c	-ac	-oc	-uc	-ec	-ic
d	-ad	×	-ud	-ed	-id
f	-af	-of	-uf	×	×

圖表 4-1　＜母音＋子音＞出現在音節之尾的組合情形

l	-al	-ol	-ul	-el	-il
m	-am	-om	-um	-em	-im
n	-an	-on	-un	-en	-in
p	-ap	-op	-up	-ep	-ip
r	-ar	-or	-ur	-er	-ir
s	-as	-os	-us	-es	-is
t	-at	-ot	-ut	-et	-it
x	-ax	-ox	-ux	-ex	-ix
z	-az	-oz	-uz	-ez	-iz

圖表 4-2　＜母音＋子音＞出現在音節之尾的組合情形

　　現代語言學習慣上將語音學與音韻學分成兩個學門，是為了方便研究的獨立性與專業性。不過，這兩個學門實際上應視為一體兩面，彼此相互支持，如同先前提到 Ferdinan de Saussure 將語言分為兩大部分：「語言」與「說話」。說話的能力大家都有，但是必須遵循這個語言社區的規範，因為語言是約定成俗的，不是一個個體想怎麼說就怎麼說，它們之間也是相互依賴生存的。簡而言之，學習第二外語時，最初開口練習發音是屬於語音學的範疇，若教師教授發音將第二外語跟母語做比較時，就進入了音韻學的領域了。最後，教師在教授發音時，要避免用類似這樣的說法告訴學生：例如「西班牙語的 [č] 音聽起來像中文注音符號ㄑ的音」，而是清楚的跟他解釋發 [č] 跟ㄑ這兩個音時，口腔內舌頭怎麼擺放、移動，聲帶是否振動等等；之後讓學生自己實際發聲練習，體會兩者間的差異究竟

在哪裡。這樣才能準確地學好發音。

　　總而言之，我們常以為「會說話」是件自然而然的事，但「把話說清楚」──這裡指的是「把音發好」──是一件重要的事，尤其是在第二外語學習上，「說清楚、聽明白」是一件看似簡單卻是不容易的事。另外，我們相信語音學與音韻學上的知識能幫助我們「把話說得更好」，同時更能體會到語言是人類在萬物之靈中獨有的瑰寶。

3　音位、同位音（音位變體）

　　音位是語言中最小的語音單位，音位的基本特徵是具有對比功能。例如：以下兩組西班牙語單字：

❶ base（基礎）/ pase（您請進-命令式）
❷ pala（球拍）/ para（為了-介詞）

　　第一組的差別在字首子音：/b/ 是雙唇、爆裂濁音，/p/ 是雙唇、爆裂清音。第二組的差別在字中子音：/l/ 是牙齦、摩擦、側音，/r/ 是牙齦、捲舌、顫音。若單字 base 的 b 用 p 替換，會產生意義完全不一樣的單字。同樣地，pala 的 l 用 r 替換，也會產生意義完全不一樣的單字。因此，b 與 p 這兩個音就代表不同音位。同理 l 與 r 也代表不同的音位。

　　現代語音學家還提出了「辨音成份方陣」作爲分析語音的更小單位，像是前面我們看到 /b/ 與 /p/ 這兩個子音音位，/b/ 可用〔＋濁、＋雙唇音、＋爆裂音〕來描寫它的聚合特徵，/p/ 可用〔＋清、＋雙唇音、＋爆裂音〕來描寫之。「辨音成份」之內容至今語音學家並無一致的看法，以下我們盡可能列出代表西班牙語各音位聚合特徵之辨音成份。首先，我們列出子音、母音辨音成份組合的表格。最左邊欄代表辨音成份，最頂端橫列是子音的音標，這表格就稱爲「辨音成份方陣」。其中所謂「舌葉提升性」指的是舌面前緣以水平姿態上升。其次，西班牙語子音雖然都視爲不具有送氣音的特徵，不過這是從理論數據上來解釋的，實際上子音發聲時，都會有氣流送出，只是強弱的區別而已。有關送氣音我們會在「本章 8 聲學的研究」再作詳細說明。

辨音成份	p	b	t	d	k	g	f	θ	s	x
音節性 silábica	−	−	−	−	−	−	−	−	−	−
濁音性 sonora	−	+	−	+	−	+	−			
子音性 consonántica	+	+	+	+	+	+	+	+	+	+
延續性 continuidad										
前顎音 prepalatal	−	−	−	−	−	−	−	−	+	−
舌葉提升性 coronal	−	−	−	−	−	−	−	−	+	−
舌背音 dorsal					+	+				
鼻音性 nasal										
捲舌 retrofleja	−	−	−	−	−	−	−	−	−	−
送氣 aspiración	−	−	−	−	−	−	−	−	−	−

圖表 5-1　西班牙語子音辨音成份方陣

辨音成份	ǰ	č	m	n	ɲ	l	ʎ	r	r̄
音節性 silábica	−	−	−	−	−	−	−	−	−
濁音性 sonora	−	−	+	+	+	−	−	−	−
子音性 consonántica	+	+	+	+	+	+	+	+	+
延續性 continuidad	−	−	−	−	−	−	−	−	−
前顎音 prepalatal	+	+	−	−	+	−	−	−	−
舌葉提升性 coronal	−	−	−	−	−	−	−	−	−
舌背音 dorsal	+	+	−	−	+	−	−	−	−
鼻音性 nasal	−	−	+	+	+	−	−	−	−
捲舌 retrofleja	−	−	−	−	−	−	−	−	−
送氣 aspiración	−	−	−	−	−	−	−	−	−

圖表 5-2　西班牙語子音辨音成份方陣

　　另外，還有一種「辨音成份圖表」，西班牙的語音學家稱爲＜Rasgos pertinentes o distintivos＞。描述子音時，習慣上最左邊欄代表發音部位，最頂端橫列則是發音方式。描述母音時，最左邊欄代表舌頭位置的高低，最頂端橫列表示舌面位置。以下我們分別列出西班牙語母音、子音辨音成份的圖表。

發音部位			發音方式					
			爆裂音	塞擦音	摩擦音	鼻音	邊音	顫音
雙唇	上下唇	清	p					
		濁	b			m		
唇齒	上齒＋下唇	清			f			
		濁						
齒齦	上齒齦＋舌尖	清			s			
		濁				n	l	r、r̄
齒間	上下齒＋舌尖	清			θ			
		濁						
軟顎	舌面後舌根	清	k		x			
		濁	g					
牙齒	上齒背舌尖前	清	t					
		濁	d					
前硬顎	舌面前	清		č	ǰ			
		濁				ɲ	ʎ	

圖表 6　西班牙語子音辨音圖

舌頭位置	舌面位置				
	舌面前		舌面中央	舌面後	
	口張開最小	口半張開	口張開最大	口半張開	口張開最小
舌位高	i				u
舌位正中高		e		o	
舌位低			a		

圖表 7　西班牙語母音辨音圖

　　另一個與音位有密不可分的關係是「音位變體」或稱爲「同位音」，西班牙語稱爲＜alófonos＞。以西班牙語子音 /d/ 舌尖齒音、爆裂濁音爲例，它有一同位音 [ð] 舌尖、齒間、摩擦、濁音。在第二章我們提到 d 在字首或緊接在鼻音 [n] 或側音 [1] 之後，都發本音 [d]。例如：deber [deßér]、un diente [úɲ djéṇte]。若字母 d 不在字首，也不接在鼻音 [n] 或側音 [1] 後面時，就發 [ð] 音。例如：cada [káða]。子音 /d/ 讀音的差異在語言學中稱爲「音位變體」或「同位音」。「音位」與「音位變體」的差異在於一個音位由另一個音位取代會造成一個不同意義的字；而一個音位變體代替另一個音位變體只會產生同一個字不同的讀音。從另一個角度來看，西班牙人聽到英文單字 day [de]、they [ðe] 並不會感覺到這兩個讀音有什麼差別，以爲唸的是同一個單字，但是對母語是英文的人來說，[de]、[ðe]是兩個讀音，兩個不同意義的單字。所以 /d/，/ð/ 在英文裡是兩個不同的音位。

　　我們再以鼻音 /n/ 爲例，若後面接舌尖齒音 /t/、/d/，[n] 的發音會齒音化，舌頭位置由原本牙齦部位滑向牙齒背，例如：anda [áṇda]；若後面接舌尖齒間音 /θ/，舌頭位置由原來牙齦部位滑向齒間，例如：danza [dáṇθa]。子音 /n/ 一共有六個音位變體，分別是雙唇、鼻音 [m]、唇齒、鼻音[ɱ]、舌尖齒間音、鼻音 [ṇ]、舌尖齒音、鼻音 [ṇ]、硬顎化鼻音 [ɲ]、軟顎鼻音 [ŋ]。這也顯示該子音的發音很容易受到後面音位的影響，產生發音部位的改變。

　　最後，英文既是大家熟悉的外語，我們不妨列出西班牙語和英文子音「音位」與「同位音（有【】者）」例字，做個對照比較。

西班牙語「子音」			英文「子音」		
音位 / 同位音	例字	音標	音位 / 同位音	例字	音標
p	par	[pár]	p	politician	[pɑləˊtɪʃən]
b	bote	[bóte]	b	bridge	[brɪʤ]
t	té	[té]	t	tax	[tæks]
d	toldo	[tóldo]	d	called	[kɔld]
k	cama	[káma]	k	equal	[ˊikwəl]
g	gasa	[gása]	g	guest	[gɛst]
【ß】	uva	[úßa]	-	-	-
f	feo	[féo]	f	fatigue	[fəˊtig]
-	-	-	v	dissolve	[dɪˊzɑlv]
θ	caza	[káθa]	θ	thank	[θæŋk]
【ð】	cada	[káða]	ð	this	[ðɪs]
s	casa	[kása]	s	stops	[stɑps]
【ş】	mismo	[míşmo]	-	-	-
-	-	-	z	zeal	[zil]
-	-	-	ʃ	machine	[məˊʃin]
-	-	-	ʒ	rouge	[ruʒ]
ǰ	mayo	[máǰo]	-	-	-

圖表 8-1　西班牙語、英文子音之音位與同位音對照比較

西班牙語「子音」			英文「子音」		
音 位 / 同位音	例字	音標	音 位 / 同位音	例字	音標
x	caja	[káxa]	-	-	-
-	-	-	h	w<u>h</u>ole	[hol]
【ɣ】	hago	[áɣo]	-	-	-
č	chico	[číko]	tʃ	<u>ch</u>ampion	[ˈtʃæmpɪən]
【ɟ】	cónyuge	[kóŋɟuxe]	ɟ ʤ	<u>j</u>u<u>dg</u>e	[ʤʌʤ]
m	mamá	[mãmá]	m	<u>m</u>ansion	[ˈmænʃən]
【ɱ】	confuso	[koɱfúso]	-	-	-
n	cana	[kána]	n	fi<u>n</u>e	[faɪn]
【ṇ】	once	[óṇθe]	-	-	-
【ṇ】	dónde	[dóṇde]	-	-	-
【ŋ】	concha	[kóŋča]	-	-	-
【ŋ】	manco	[máŋko]	ŋ	lo<u>ng</u>	[lɔŋ]
ɲ	caña	[káɲa]	-	-	-
l	pala	[pála]	l		
【ḷ】	dulce	[dúḷθe]	-	-	-
-	-	-	ɫ	fu<u>ll</u>	[fuɫ]
【ḷ】	toldo	[tóḷdo]	-	-	-
ʎ	llave	[ʎáβe]	-	-	-
r	pero	[péro]	r		
r̄	roca	[r̄oka]	-	-	-
【ɹ】	corto	[kóɹto]	-	-	-

圖表 8-2　西班牙語、英文子音之音位與同位音對照比較

西班牙語「子音」			英文「子音」		
音 位 / 同位音	例字	音標	音 位 / 同位音	例字	音標
半子音 Semiconsonantes					
j	pie	[pjé]	j	yes	
w	cuatro	[kwátro]	w	wine	

圖表 8-3　西班牙語、英文子音之音位與同位音對照比較

4　「互補分布 Distribución complementaria」

　　當某一個音素之「同位音 alófono」，只會出現在某一個音段，另一個音段絕對不會出現，我們稱此現象爲「互補分布」。我們以西班牙語的音素 /b、d、g/ 爲例，若出現在字首或緊接在鼻音 [n] 之後，都發本音塞音＜oclusivo＞：[b、d、g]。而其中的 /d/，若是出現在側音 [1] 之後，亦發本音塞音 [d]。例如：bote [bóte]、hombre [ómbre]、deber [deßér]、un diente [úṇ djéṇte]、toldo [toḷdo]、guerra [gér̄a]、Congo [kóŋgo]。但是，若 /b、d、g/ 不出現在字首，也不接在鼻音 [n] 之後，且 /d/ 亦不接在側音 [1] 後面時，就發各自的「同位音」：[ß、ð、ɣ] 音。例如：uva [úßa]、cada [káða]、seguir [seɣír]。上述音段的表現情形就稱爲「互補分布」。

5　「自由變體 Distribución libre」

　　「自由變體」指的是在某一個音段的發音，原本是某一「音位 fonema」，但是發音的方式有可能因個人的喜好，或區域性等相關因素而有不同的唸法。我們以西班牙語的音素顫音：/r/、/r̄/ 爲例，字母 r 出現在單字＜comer＞的字尾要唸做 [komér] 或 [komér̄] 的顫音，甚至把它發成摩擦音 [koméɹ] 都不會改變這個單字本身的意義。上述的現象就稱爲「自由變體」。

6　「最小對比組 oposición」

　　我們在「本章 3 音位、同位音（音位變體）」有看到，單字 base 的 b 用 p 替換（造成新單字 pase），pala 的 l 用 r 替換，（造成新單字 para）都會產生不同意義的單字。以單字 base 跟 pase 爲例，b 與 p 分別占據單字裡同樣的位置（字首與字中），形式方面其餘拼寫的部分都一樣，這種情況 b 與 p 兩個子音就稱爲「最小對比組」，西班牙語的名稱是＜oposición＞。它們是西班牙語音韻系統裡劃分出來的最小對比組。不過，雙唇、爆裂濁音 /b/ 和雙唇、爆裂清音 /p/ 的最小對比並不出現在中文裡。理由之一是中文沒有雙唇、爆裂濁音，自然也就沒有最小對比的音素。我們也可以用中文的＜到 [táu]＞、＜套 [tʰáu]＞兩字爲例，ㄉ [t] 是齒齦、爆裂清音、不送氣，ㄊ [tʰ] 是齒齦、爆裂清音、送氣，ㄉ與ㄊ是中文音韻系

統裡劃分出來的最小對比組，對比項目是：不送氣 / 送氣，我們用斜線分開之。

此外，「最小對比組」是基於兩個音具有某些共同的特徵，而將它們視爲屬於同一個「自然的音組」。上述的子音 b / p、l / r、ㄅ / ㄊ 就可視爲三組自然的音組，不過它們彼此間並不具有哪些共同的特徵，在音韻方面的表現自然不同。例如：西班牙語單字不會有以 p 結尾的形式，但是有以 l 結尾的形式azul、árbol、fácil 等等。

7　「同化作用 Neutralización」

在某些情況下，兩個「音位」可以彼此互相取代出現在同一個音段，且不會改變這個單字本身的意義，我們稱此現象爲「同化作用」。以西班牙語振動一次的顫音 /r/ 與多次的顫音 /r̄/ 爲例，若 /r/ 與 /r̄/ 出現在兩個母音之間，亦即 <V + r + V>、<V + r̄ + V>（請注意 V = Vocal），應分別代表不同意義的單字。例如：pero [péro] / perro [pér̄o]；coro [kóro] / corro [kór̄o]。但是，這兩個音素 /r/ 與 /r̄/ 如果出現在單字，例如：<pasar>的字尾，要唸做 [pasár] 或 [pasár̄]，甚至把它發成摩擦音 [pasáɹ] 都不會改變這個單字的意義。我們說 /r/ 與 /r̄/ 在這個情況下產生「同化作用」。

8 聲學的研究

　　聲學語音學是第二次世界大戰後迅速發展的一門學科，本身具有物理性質的科學研究，近十年來，特別是一些聲譜圖、示波圖、音高曲線、共振峰圖等各種語圖可藉由電腦軟體PRAAT 將語音信號影像化、數字化，方便許多從事研究的學者，大大地提高了實驗工作的效率，不僅研究的成果如雨後春筍般地呈現，所獲得的數據其可靠性亦增加了我們分析語音的準確度。

　　PRAAT 語音軟體可應用在母音和子音的聲學語音研究上。圖表 9 是一聲波運動圖，橫向表示時間的推移，縱向則代表傳播聲音的空氣粒子。人們說話時，粒子受到壓力時會向前運動，它的運動是一種縱行的波，受壓的部位畫在上面，也就是圖上的波峰，鬆開彈回的部位則畫在下面，也就是波谷。振幅愈大表示空氣粒子受到緊壓鬆開的程度愈強，換言之說話的聲音愈大。因此，振幅的大小可以告訴我們音量的強弱。其次，我們發母音時，由於聲帶的振動，空氣粒子的運動是按照一定時間產生的。所以，它的聲波形狀是一種週期波。圖表上③代表一個週期，它在數線上的長短代表聲波在一個時間內所傳播運動的距離。最後，空氣粒子在一秒鐘內完成的振動次數，稱作振動頻率。頻率的單位是赫茲（Hz），寫成「週／秒」，換句話說，一秒鐘若振動一個週期就是一個赫茲。

　　上述聲波的物理現象，我們可以藉由 PRAAT 語音軟體轉

換成聲譜圖的影像。當聲波電子儀器感應到傳播聲音的空氣粒子，會依照受壓的程度將能量顯示在聲譜圖裡（請看圖表 9 之下方圖），顏色的深淺表示音量的強弱，波峰既是空氣粒子受壓能量的最高點，因此投影在聲譜圖上所顯示出來的黑色是最深的，而波谷既是空氣粒子鬆開彈回的時候，也就是所受到的壓力最少，甚至沒有，所以聲譜圖上呈現空白，換句話說，聲波電子儀器沒有感應到任何傳播媒介。

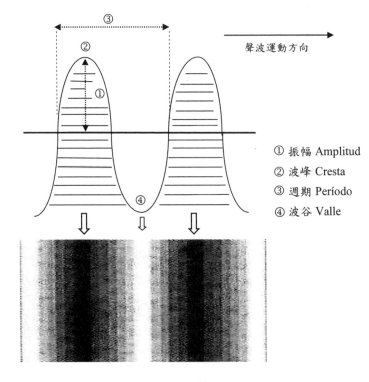

① 振幅 Amplitud
② 波峰 Cresta
③ 週期 Período
④ 波谷 Valle

聲波運動方向

圖表 9　聲波圖

　　如果我們再仔細觀察聲譜圖，可以看到類似一條一條縱向的帶子，白帶其實就是無聲爆裂子音，或是說話時停頓沒有聲音，自然聲波電子儀器感應不到任何聲波能量。

　　發音時的頻率男人、女人和小孩都會不一樣，甚至年齡的不同也會造成相當程度的差異。下面的表格數據我們取材自王士元（1988：36）教授的《語言與語音》一書。我們可以看到發英文母音 /i/ 時，男人的頻率是 136 赫茲，女人是 235 赫茲，小孩的頻率是 272 赫茲。小孩發母音 /i/ 的頻率幾乎是男人的兩倍，其原因是小孩子的聲帶較長且短。

Frecuencia fundamental (Hz)	i	ɪ	ɛ	ɝ	ɑ	ɔ	ʊ	u	ʌ	ɝ
Hombre	136	135	130	127	124	129	137	141	130	133
Mujer	235	232	223	210	212	216	232	231	221	218
Niño	272	269	260	251	256	263	276	274	261	261

圖表 10　男人（hombre）、女人（mujer）、小孩（niño）
　　　　發英文母音的基頻

　　我們以西班牙語母音 /i, e, a, o, u/ 為例，它們在口腔內的分布位置是呈一個倒三角形。如圖表 11 所示，縱軸代表發音方式，橫軸代表發音位置。發母音 /i/ 時，舌頭位置最高，是一舌面前元音。發母音 /a/ 時，舌頭位置最低，是一中央元音。

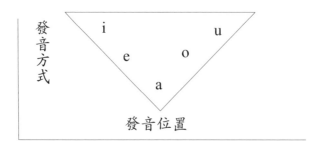

圖表 11　母音 /i, e, a, o, u/ 在口腔內的分布位置

　　聲學上，我們研究母音在口腔內的分布位置，首先要找的是每個母音的共振峰。所謂共振峰指的是氣流在口腔的共鳴頻率。此一頻率的數據可以藉由 PRAAT 語音軟體幫我們取得。我們之前有提到過發母音時，聲帶振動，它產生的聲波形狀是一種週期波，其能量顯示在聲譜圖裡，是一黑色的橫向條狀，這就是共振峰。圖表 12 裡，最下方的箭頭指的是第一共振峰（F_1），上方的箭頭指的是第二共振峰（F_2）。

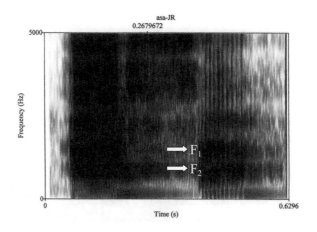

圖表 12　「ASA」單字裡，末尾音節母音 /a/ 的 F_1 與 F_2

　　如果我們從發音的方式來觀察舌頭在口腔內的位置與第一共振峰（F_1）頻率之間的關係，我們得到下面的結果：

❶ 發母音 /a/ 時，舌頭與上硬顎完全分開，嘴巴張開的程度最大，此時第一共振峰（F_1）的值最大。

❷ 發母音 /e/ 與 /o/ 時，舌頭與上硬顎分開的程度大約介於發母音 /a/ 時的一半，因此，嘴巴張開的程度也就不像發母音 /a/ 時那麼大，所以第一共振峰（F_1）的值相對地小一點。

❸ 發母音 /i/ 與 /u/ 時，如果舌頭與上硬顎很靠近，嘴巴呈扁平形狀或圓唇形，此時第一共振峰（F_1）的值最小。

　　以下圖表 13 是本人就西班牙語母音 /i, u, e, o, a/ 的第一共振峰（F_1）與第二共振峰（F_2）值實驗得到的數據❶。受測對象的母語是中文。

	/i/	/u/	/e/	/o/	/a/
F_1	345	401	591	688	1065
F_2	2129	1088	1821	1145	1475

圖表 13　母語為中文者其西班牙語母音的第一第二共振峰值

---

❶ Wang Ho-yen (2012), Estudio fónico del español y del chino. Un estudio acústico de las vocales en el español y el chino.

　　第一共振峰（F_1）的值與舌頭在口腔內的高度呈反比，也就是說，舌頭位置愈高，第一共振峰值愈低；反之，舌頭位置愈低，第一共振峰值愈高。第二共振峰（F_2）的值則與舌位前後成正比，例如：母音 /i/ 位於舌面前其第二共振峰（F_2）的值大於發舌面後的母音 /u/。

　　按圖表 13，在取得第一共振峰（F_1）與第二共振峰（F_2）的值後，我們以 F_1 為縱軸，F_2 為橫軸，就可以畫出母音的分布圖。

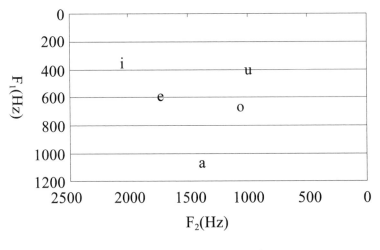

圖表 14　母音分布圖

　　圖表 14 所呈現的母音分布圖是以台灣學習西班牙語的學生作為受測對象。儘管影響實驗結果的因素很多，諸如：年齡、性別、教育程度、母語等等，不過，每一個實驗數據都可

以告訴我們這一群受測者在發西班牙語母音時，他們的舌頭在口腔內的移動情形。如果我們按照同樣的方法，再找一群母語是西班牙語的人來作母音發聲實驗，得到第一共振峰（F_1）與第二共振峰（F_2）的值，再製作出另一張母音分布圖。將這兩張母音分布圖作比較，我們就可以給學習西班牙語的人具體的建議，比如說：發母音 /i/ 時，你的舌頭位置應該高一點，嘴唇扁平一些等等。其他母音的發音改善建議，以此類推。

　　PRAAT 語音軟體若應用在子音的聲學語音研究上，最重要的就是 VOT（Voice Onset Time），指的是「發聲起始時間」。下面我們用數線圖表解釋清音、濁音、送氣與不送氣的發音，這也是把抽象的聲音圖像化，可以比較容易看得出它們之間的差別在哪裡。請注意虛線代表清音（聲帶不振動），實線代表濁音（聲帶振動）。

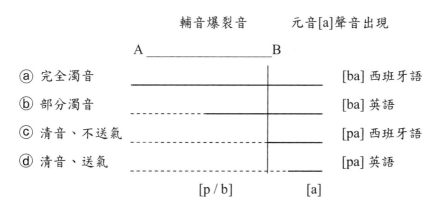

圖表 15　清音、濁音、送氣與不送氣發音圖示
（注意：實線代表濁音，虛線代表清音）

ⓐ 西文[b] 爆裂音、濁音、不送氣：*b*oca.

ⓑ 西文[p] 爆裂音、清音、不送氣：*p*oca.

ⓒ 中文[p] 爆裂音、清音、不送氣：不*p*ù.

ⓓ 中文[pʰ] 爆裂音、清音、送氣：爬*p*ʰá.

藉由圖表 15 我們將觀察西班牙語和英語發爆裂音的同時，有可能產生清音、濁音、送氣與不送氣音的時間點。首先，ⓐ 與 ⓑ 代表從一開始發爆裂音 [p] 跟 [b]，聲門緊閉，氣流通過振動聲帶。ⓐ 與 ⓑ 不同的是西班牙語發 [ba] 的時候，聲帶從頭到尾都是振動的，英語發 [ba] 的時候，聲帶起初是靜止的，隨後振動持續到元音 [a] 的發聲。ⓒ 與 ⓓ 代表從一開始發爆裂音 [p] 跟 [b]，聲門就呈現放鬆的，氣流通過時聲帶不振動，一直到元音 [a] 的發聲才振動聲帶。ⓒ 與 ⓓ 不同的是爆裂音結束，雙唇放鬆的時間點；換句話說，西班牙語發 [pa] 的時候，聲帶的振動是爆裂音 [p] 結束的同時，元音 [a] 隨即出現。英語發爆裂音 [p] 的時候，還伴隨著送氣，致使元音 [a] 的發聲延遲些。英語的爆裂音 [p] 它的送氣聲是輕微的，與其相比，中文注音符號ㄆ的送氣聲是強烈多了。因此，若用圖表內的實線來表現中文注音符號ㄆ的音，它應該比表英語 [p] 的實線短些，也就是聲帶振動更延遲些。

從語音聲學的角度來看，A 代表從一開始發爆裂音 [p] 跟 [b]，B 代表聲帶開始振動，從 A 到 B，聲學上稱為 VOT（voice onset time）：發聲（或聲帶振動）起始時間。西班牙語的 [b] 在發聲前聲帶就開始振動了，因此在數線上 A 點的

左邊即呈現實線。西班牙語發 [b] 的時候，聲帶從頭到尾都是振動的，西文的爆裂音 [p] 和中文的爆裂音 [p] 從一開始聲門就呈現放鬆的，氣流通過時聲帶不振動，一直到元音 [a] 的發聲才振動聲帶。此外，中文發爆裂音 [pʰ] 的時候，還伴隨著送氣，致使元音 [a] 的發聲延遲些。

　　我們還可以藉由攝譜儀將聲音轉成聲波圖。例如：我們對著攝譜儀分別唸【un peso】和【un beso】這兩個語詞，從聲波圖可以清楚看到無聲爆裂音 [p] 發聲之前與前一個鼻音 [ŋ] 之間呈現空白。我們說過母音產生的聲波形狀是一種週期波，其能量顯示在聲譜圖裡，是一黑色的帶狀。顏色愈深愈緊密表示聲音能量愈強。雖然說子音 [p] 是一無聲爆裂音，聲帶不振動，但發聲時既是爆裂音，多少還是會有些少許氣流從嘴巴送出。不同於母音的是子音產生的聲波形狀不是一種週期波，這可以幫助我們在聲波圖上的判讀。圖表 16 上箭頭指出部分就是無聲爆裂音 [p]，其後緊接著母音 [e]。

　　有聲爆裂音 [b] 在發聲前聲帶已經開始振動了（如雙箭頭所指出的部分），從圖表 17 我們可以看到其聲波從之前的鼻音 u-n [ŋ] 就一直延續到第二個單字 beso 的起始子音 [b]。所不同的是子音 [b] 在聲譜圖上產生的聲波不是一種週期波，比前一個鼻音 u-n [ŋ] 更不規則且聲波能量亦較弱。

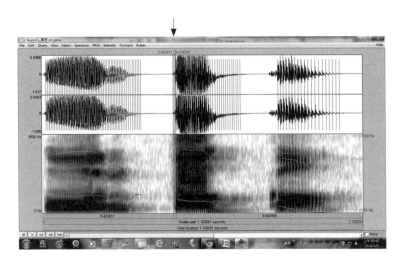

圖表 16　【un peso】的聲譜圖與示波圖

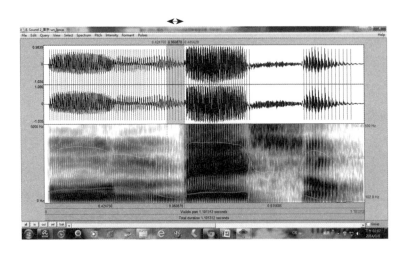

圖表 17　【un beso】的聲譜圖與示波圖

　　綜合前述，我們再以圖表 18 作一說明。我們研究子音的
發聲起始時間（VOT）如同母音一樣，可以藉由 PRAAT 語音

軟體將感應到的聲音數據化。VOT 主要用來研究爆裂音或塞音的三種類型：「不送氣無聲爆裂音」、「送氣無聲爆裂音」、「濁塞音」。

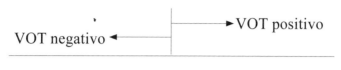

圖表 18　VOT 的正值與負值

(1) 不送氣無聲爆裂音

　　若 VOT 產生的時間長度小於 30 ms（milisegundos）或等於 0，這表示發爆裂音時，受阻的氣流消除，後面接的母音開始發聲，這中間消退的時間長短，可能出現在圖表 18 數線上 0 或右邊的位置，此時 VOT 的值若不是 0 就是正值。西班牙語的子音 /p, t, k/ 屬於這一類型。

(2) 送氣無聲爆裂音

　　這一類型的特徵是 VOT 產生的時間長度比「不送氣無聲爆裂音」要長。我們發西班牙語的無聲爆裂音 /p, t, k/，認為這些子音發聲時，聲帶不振動，不送氣，但實際上仍有氣流從口釋出，否則 PRAAT 語音軟體是不會感應到的，上述第一類型 VOT 的數據值應該都是 0 才對。那麼我們該如何區分「不送氣無聲爆裂音」和「送氣無聲爆裂音」兩者之間的差別呢？首先，我們可以用麥克風做實驗。我們發中文、英文的送氣爆裂

音 /pʰ, tʰ, kʰ/ 時，很清楚地感覺到有更強的氣流送出，尤其是很靠近地對著麥克風唸 /pʰ, tʰ, kʰ/（亦即 /ㄆ、ㄊ、ㄎ/）時，聽到氣流碰撞的聲音更清楚，然而發不送氣爆裂音 /p, t, k/（亦即 /ㄅ、ㄉ、ㄍ/）卻無此碰撞的噪音。這樣我們就可以利用 VOT 的數據值作一區隔。一般來說，VOT 產生的時間長度小於 40 或更低 30 就視為不送氣無聲爆裂音。若 VOT 的長度介於 50-60 ms，就是弱的送氣音，80-90 ms 則是中等的送氣音，超過 100 ms 的就算是強送氣音了。

(3) 濁塞音

爆裂音中有一類是受阻的氣流在消除前，聲帶已經開始震動了，出現在圖表 18 數線上左邊的位置，此時 VOT 的值是負值。西班牙語的子音 /b, d, g/ 屬於這一類型。

圖表 19 是三位語音研究者和本人就西班牙語「無聲爆裂音 /p, t, k/」和「有聲爆裂音 /b, d, g/」所得的實驗結果，其 VOT 平均值之對照比較。

	Roldán V. y Soto-Barba, 1997	Mª. Luisa Casteñada Vicente [2]	Las olcusivas en las palabras
	Valores medios	Valores medios	Valores medios
/p/	13.2	6.5	8.8
/t/	16.4	10.4	13.7
/k/	30.0	25.7	23.4
/b/	-85.2	-69.8	-71.6
/d/	-75.6	-77.7	-76.2
/g/	-62.7	-58	-74.6

圖表 19　西班牙語爆裂音 VOT 之平均值

Lisker y Abramson（1964）指出 VOT 的長度愈長，發音的位置在口腔內愈後面。舌頭在口腔內與其他部位的接觸面愈大，VOT 的長度也愈長。最後，發音器官的動作愈快，VOT 的長度愈短。

總而言之，聲學語音的研究是一門實驗印證的學科，不論是實驗所得的數據，或是藉由各類圖像的分析，都可以提供我們教學與學習上的借鏡。學習者可以自己試著利用 PRAAT 語音軟體發音，從而發現自己的發音是否正確。例如：母語是中文的人發西班牙語的濁塞音 /b/ 是否近似於圖表 19 裡 Roldán

---

[2] *Cfr*. http://stel.ub.edu/labfon/sites/default/files/EFE-II-MLCasta%C2%A7eda-VOT_oclusivas.pdf

V. y Soto-Barba（1997）和 Mª. Luisa Casteñada Vicente 他們的實驗數據值，同時參考 Lisker y Abramson（1964）的說明，以此判斷與修正自己發音時舌頭的位置，氣流的控制、嘴唇的閉合程度等等。

　　總而言之，我們建議擔任語音教學的老師，避免一味地要求學生只是覆誦自己的發音，因為有時要他重覆十次，他還是發錯的音十次，這樣不僅沒有幫助，反而造成挫折感。畢竟一位成年的學習者，除了容易受到母語的干擾，另一方面，他已不像學齡前的小孩，聽覺沒有他們敏銳，發音器官也不是那麼協調。所以，老師若能了解與善用這些具體的語音聲學資訊，在指導學生發音時，就可以確切地告訴他們發音時到底哪裡錯了，為什麼錯了，要怎麼改才對。當然，要做到這樣的教學水平，不可否認地老師還得培養聲學語音學方面的專業知識，但是我們相信是值得鼓勵與推展的。

Este es el
capítulo IV.
第4章

capítulo I.
第1章

capítulo II.
第2章

capítulo III.
第3章

第**4**章 西班牙語和卡斯提亞語.135

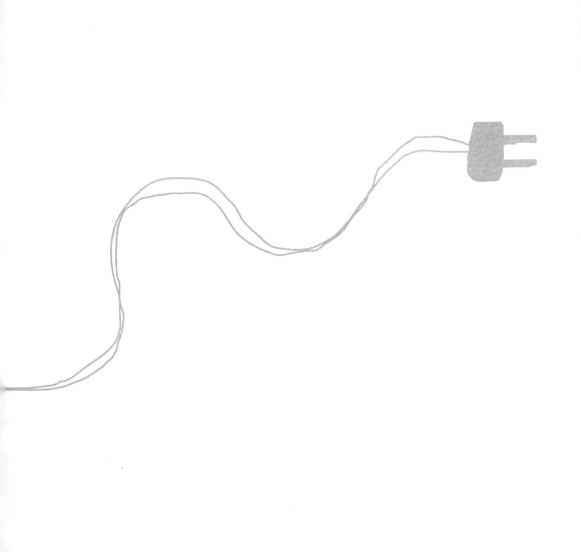

西班牙語和卡斯提亞語

1 今日之西班牙和西班牙語

　　西班牙位於歐洲大陸西南邊的伊比利半島，北邊有庇里牛斯山和法國分界；南端則以直布羅陀海峽和北非的摩洛哥相望，東南面靠地中海，西北臨大西洋，西邊和葡萄牙接壤。在地形上控制大西洋和地中海的咽喉，位居歐洲、非洲兩洲銜接的戰略地位。伊比利半島上有西班牙與葡萄牙兩國，西班牙占此半島的六分之五，面積五十萬多平方公里，在歐洲，除略小於法國外，是歐洲第二大國。

　　西班牙行政上劃分成自治區域，本土一共有十五個：「安達魯西亞 Andalucía」、「阿拉貢 Aragón」、「亞斯杜里亞 Asturias」、「巴雷亞拉斯群島 Islas Baleares」、「加納利亞群島 Islas Canarias」、「坎達貝里亞 Cantabria」、「加泰隆尼亞 Cataluña」、「卡斯提亞・拉曼恰 Castilla-La Mancha」、「卡斯提亞・雷翁 Castilla y León」、「艾斯特瑪杜拉 Extremadura」、「加里西亞 Galicia」、「拉里歐哈 La Rioja」、「馬德里 Madrid」、「巴斯克 País Vasco」、「默爾西亞 Murcia」、「納瓦拉 Navarra」、「瓦倫西亞 Valencia」，加上北非的「塞戊達 Ceuta」和「美利雅 Melilla」兩個城市後來也規劃為自治區，加起來總共是十七個自治區域；其中較大的行政區可以再劃分成省，這樣細分下來全國就有五十個省分。區域的劃分可能是依照歷史的淵源，像是伊比利

半島統一前，「卡斯提亞 Castilla」、「阿拉貢 Aragón」等王國原本各自雄據一方，自立為國，日後國家統一仍保持其舊有領土。也有因為語言、文化的因素來劃分，例如：巴斯克人仍分屬「巴斯克 País Vasco」及「納瓦拉 Navarra」自治區；東部的巴塞隆納城市屬於「加泰隆尼亞 Cataluña」語系地區，西北邊臨近大西洋的各省則屬於「加里西亞 Galicia」語系地區。

首都「馬德里 Madrid」位於「伊比利半島 La Península Ibérica」的中央，海拔 668 公尺，從「菲力浦二世 Felipe II」於西元 1560 年定為首都至今已有七百多年，人口有四百多萬。「巴塞隆納 Barcelona」是西班牙的第二大都市，位在西班牙東北部加泰隆尼亞工商業地區，是一重要港口城市，1992年奧林匹克運動會就在這舉行。「瓦倫西亞 Valencia」是西班牙的第三大都市，面臨地中海，與巴塞隆納一樣，既是工商業的中心，也是一個貿易港。南部「塞維亞 Sevilla」是西班牙第四大都市，「瓜達爾幾維爾河 El río Guadalquivir」從「瓜達拉馬山脈 Monte Guadarrama」流下來穿過本市，每年濃厚的「天主教聖人週節慶 La Semana Santa」在這兒熱鬧盛大慶祝。

西班牙語作為官方語言的國家在歐洲就是西班牙本國，中南美洲的國家計有十九個：「墨西哥 México」、「尼加拉瓜 Nicaragua」、「巴拿馬 Panamá」、「哥斯大黎加 Costa Rica」、「薩爾瓦多 El Salvador」、「瓜地馬拉 Guatemala」、「宏都拉斯 Honduras」、「古巴 Cuba」、「波多

黎各Puerto Rico」、「多明尼加共和國 República Domini-
cana」、「委內瑞拉 Venezuela」、「玻利維亞 Bolivia」、
「智利 Chile」、「哥倫比亞 Colombia」、「厄瓜多 Ecua-
dor」、「巴拉圭 Paraguay」、「秘魯 Perú」、「烏拉圭 Uru-
guay」和「阿根廷 Argentina」。非洲有二個國家：「赤道幾
內亞 Guinea Ecuatorial」和「西撒哈拉 Sáhra Occidental」。

　　西班牙語在西班牙本土也會受到方言的影響產生發音上的改變。西班牙的方言有「加泰隆尼亞語 Catalán」，「巴斯克語 vasco」，「加利西亞語 gallego」，「馬尤爾加語 mallorquín」。雖說語言並沒有所謂的標準語，一般來說，西班牙人他們自己認為北部「卡斯提亞‧雷翁 Castilla y León」的發音是標準的西班牙語發音，其中又以「薩拉曼加 Salamanca」城市為代表。

　　西班牙語能凌駕伊比利半島上其他方言，儼然成為今日的官方語言是有其歷史淵源的。中世紀時代，西班牙兩個主要的

王國：「阿拉貢 Aragón」與「卡斯提亞 Castilla」王國於西元 1469 年互相聯姻，阿拉貢王子「費南多 Fernando」和卡斯提亞的公主「伊莎貝爾 Isabel」結婚，促成了伊比利半島的統一。他們日後被稱爲「天主教國王 Los Reyes Católicos」。西元 1492 年是西班牙歷史上重要的一年：西班牙驅逐回教徒，同時女王資助哥倫布航海，發現美洲新大陸，帶來了巨大的財富，也將西班牙霸權推向了巔峰，成爲海上日不落國。這一切成就反應出位居西班牙中北部的「卡斯提亞 Castilla」始終居於領導地位，影響所及，殖民地拉丁美洲的老百姓習慣上稱西班牙語爲「卡斯提亞語 castellano」。費南多國王於西元1516年逝世，王位傳給孫子「卡洛斯一世 Carlos I (1516-1556)」，之後他的兒子「菲力浦二世 Felipe II (1556-1598)」繼位，除了占有德意志以外的全部領土，他在西元 1580 年還合併了葡萄牙，至此成爲歐洲最大的國家。文學藝術上，十六世紀至十七世紀初期也是西班牙的「黃金時代 Siglo de Oro」。「唐吉歌德 Don Quixote de la Mancha」，可說是西班牙文學上一部鉅著。作者「塞凡提斯 Miguel de Cervantes Saavedra」於 1605 年和 1615 年分兩次出版的反騎士小說。小說裡的主要人物唐吉歌德被用來比喻不自量力的人，或脫離現實的人卻敢於挑戰社會上種種不合理現象的人。日後西元 1588 年「西班牙無敵艦隊」遠征英格蘭失敗，國力由盛而衰。近代，西元 1936 至 1939 年間爆發內戰，佛朗哥將軍掌握政權，實行獨裁統治到他 1975 年逝世後，才恢復君主立憲。現今的國王「璜卡洛斯 Juan Carlos」在其即位時力行民主憲政，是一深受人民愛戴的國王。不過這幾年西班牙經濟衰退，失

業率居高不下，皇室成員也被媒體報導不少負面的新聞消息，往日的榮耀與光彩似乎已漸漸退去。2014 年 6 月 2 日在位近四十年已七十六歲的國王「璜卡洛斯 Juan Carlos」發表電視談話，表示已決定結束統治，正式退位，並簽署國王退位法令，由四十六歲的王儲「菲力浦 Felipe」繼任王位。這份法令於同年 6 月 19 日零時生效，同一時刻菲力浦繼任成爲新一代西班牙國王「菲力浦六世 Felipe VI」。這也是歐洲這兩年來，西班牙繼荷蘭、比利時之後成爲老國王仍在世而宣布退位的第三個歐洲王室。

拉丁美洲的「卡斯提亞語」，在發音跟語法上是承襲十六與十七世紀「安達魯西亞省 Andalucía」與「加納利亞省 Islas Canarias」的西班牙語。這是因爲當時哥倫布出航時帶的水手、士兵與日後的殖民者主要來自這些地區。因此，今日拉丁美洲的卡斯提亞語其基本的語音特徵雖說源自於西班牙中北部的卡斯提亞省，不過實際上是南部安達魯西亞的卡斯提亞語方言在拉丁美洲確立下來。既是稱爲方言，自然會有發音與語法上的變化，加上中南美洲各地印第安語、原住民語詞彙的溶入，長時間下來，語音上亦會受到影響而出現轉變，這也是爲什麼卡斯提亞語在中南美洲呈現明顯不同的方言口音。所以，我們可以想見社會語言學家若想研究西班牙語，不論是字彙或語音上的變化，應該是去中南美洲做研究調查。

2　「西班牙語 Español」、「卡斯提亞語 Castellano」

西班牙語在西文裡可用兩個字來書寫，一是 Español，一是 Castellano。在歐洲很多說西班牙語的人把這個語言稱為「西班牙語 Español」，不過，在中南美洲各國人民則習慣稱他們的語言為「卡斯提亞語 Castellano」。儘管這兩個字意思一樣，拉丁美洲國家的人喜歡用 Castellano 這個詞，因為 Español 與西班牙的國家名稱 España 拼寫相似，且發音聽起來像是代表同一個民族，而不是一種語言。其實，有些語言也有多種稱呼，像是中文一詞就有國語、漢語、滿洲話、北平話、普通話等稱法；台語亦有台灣話、閩南語、台灣福建話等叫法。不過，稱呼的方式不同多少也有用意的不同。

此外，值得一提的是中南美洲的西班牙語幾個世紀以來受到當地語言的影響，不論是發音、語法、用字、表達語，和歐洲母國之西班牙語已有很大的差異。比如說在靠加勒比海地區的西班牙語吸收了「tabaco 菸草、雪茄」、「canoa 獨木舟、小艇」、「huracán 颶風」、「maíz 玉米」、「ají 辣椒、胡椒」等字彙。受到墨西哥 Náhuatl 語的影響，西班牙語也採用了「chocolate 巧克力」、「tomate 番茄」、「chicle 口香糖」、「cacao 可可」等食物名詞。另外在綿延的安地斯山脈從 Quechua 語中吸了「pampa 南美大草原」、「cóndor 禿鷹」、「poncho 披風」等字彙。還有在巴拉圭當地語言 Guaraní 學到了「ananás 鳳梨、菠蘿」、「ñandú 美洲駝鳥」、「ombú 一種軟木樹」等用詞。然而上述居住在伊比利半島的

猶太人，西元 1492 年被驅逐後，幾百年來他們仍保存了當時的西班牙語，後世稱為「español sefardí」。諷刺的是今日的語言學家若想研究純正的古西班牙語 sefardí，還得去尋找這些被迫離開半島，流浪到北歐、中東等地的猶太人。

　　西班牙語是目前世界上使用人口第四多的語言，大約有四億多人口在說西班牙語，僅次於印度語、漢語跟英語。有數據顯示[1]，全球 10% 說西班牙語的人口在美國，墨西哥是說西班牙語人數最多的國家，將近一億五百萬人。另外，巴西 30%的行政人官員能說流利的西班牙語，菲律賓也有一百萬人口會說西班牙語，在歐洲則有三百多萬人正在學習西班牙語，而西班牙國內就有超過一千七百個為外國人開設的西語課程。因此，西班牙語可以說是世界上最有潛力的語言之一。

3 拉丁美洲「卡斯提亞語 Castellano」的發音

　　我們之前有提到，拉丁美洲「卡斯提亞語 Castellano」的發音是承襲十六世紀與十七世紀安達魯西亞省的西班牙語，這段期間到十八世紀卡斯提亞語的語音不是一陳不變的，只不過發音的轉變與地理因素、印第安語或當地土著語言息息相關。

---

[1] 請參閱Pasaporte (2007), de Matilde Cerrolaza Aragón, et al., Madrid, Edelsa Grupo Didascalia, S. A., p.27。

　　首先是十七、十八世紀時南部西班牙語發音開始發生變化，最明顯的就是 seseo。例如：casa [káSa]（家）與caza [kása]（打獵）。前者子音大寫 [S] 是舌尖齒齦音，後者小寫 [s] 是舌尖齒音。時至今日，只有舌尖齒音還保留著，也就是說，casar 與 cazar 在西班牙南部地區都發音成 [kása]。不過，在北部與中部西班牙，舌尖齒音已轉變成舌尖齒間音 [θ]，因此，casa [kasa] 與 caza [kaθa] 很容易聽出來是兩個不同音不同意義的單字。

　　哥倫布發現新大陸後，中南美洲多山地區的國家像是墨西哥、玻利維亞、巴拉圭等等，仍承襲早期西班牙南部地區的發音，亦即 casa [káSa] 與 caza [kása] 發音是不一樣的。可是海岸地區與靠海城市就很快接受殖民期間語音的轉變，所以這些地區 casa 與 caza 都唸作舌尖齒音 [kása]。奇怪的是，西班牙北部與中部的舌尖齒間音 [θ] 並沒有傳入中南美洲。

　　拉丁美洲海岸地區與靠海城市的確比偏遠山區更能接受同一時期西班牙南部安達魯西亞地區發音的轉變。另一個音的改變是出現在音節之尾的舌尖齒齦音 [s] 消失不見了，estas [éstas] 唸成聲門摩擦清音：[éhtah]，甚至於乾脆不發任何音：[éta]。不過，這些變化在拉丁美洲多數高原、高山地區沒有受到影響。同一時期，硬顎摩擦音、有聲 [y]（字母書寫為Y）和硬顎側音、有聲 [ʎ]（字母書寫為LL）在西班牙南部安達魯西亞跟部分拉丁美洲都唸作 [y]。所以，valla 和 vaya 讀音是一樣的。還有一組尾音不分 [l] 與 [r] 的最新現象在安達魯西亞跟

部分美洲（巴拿馬、委內瑞拉、波多黎各、古巴、多明尼加共和國）可以聽到。原本西班牙語字母＜1＞在字尾時，例如：fácil，子音 [1] 發成牙齒音，即舌尖抵在上門牙後面，不同於牙齦顫音 [r]，例如：comer。現在這些地區尾音 total [totál]、puerta [pwélta]、beber [bebél] 聽起來都是牙齒音[1]。

4　美洲「卡斯提亞語」區域性的發音特徵

　　若要詳細的述說拉丁美洲區域性的發音特徵，這是屬於社會語言學的研究範疇，不可能用三言兩語就可以交待清楚，更何況中南美洲說西班牙語的國家近二十個，地理環境或是人文政治、社會、歷史等眾多因素，都會讓這一個語言無論在發音或字彙上顯得更加複雜，不過也變得豐富、生動有趣。例如，就「蝙蝠 murciélago」這個單字在西班牙「加納利群島 Isalas Canarias」上，我們就可以聽到好幾種相似卻不盡相同的唸法，所以不難想像廣大的中南美洲，安地斯山脈群聚的部落與沿海發展的城市居民，他們的話語伴隨著歲月的刻痕，能不有多樣的面貌展現在後人的眼前。

　　西班牙語和中南美洲卡斯提亞語，除了上述語音與字彙上的差異，句法亦有顯著不同的地方，主要是第二人稱「你 tú」和「您 usted」稱呼上的區別。「你 tú」是西班牙語中非正式或親密的稱呼形式，直接承襲拉丁語的「tu」。拉丁語的複數形「vos」也傳入西班牙語，但是在中世紀後期是被用做正式

或更禮貌的尊稱。爲了區別第二人稱複數形正式與非正式的用法，人們開始使用「你們 vosotros」表示非正式的用法。十六世紀開始出現「vuestra merced 你慈悲的」這一種非常有禮貌的稱呼形式，之後縮短爲「usted」，等同於「您」的意思，而「vos」卻變成非正式、親密的稱呼方形式，且通行於大多數中南美洲國家。例如：在哥倫比亞除了首都「玻哥大 Bogotá」和沿海地區用「tú」，其他地區許多人幾乎只用「usted」，連對貓狗動物也不例外。

「vos」人稱的動詞變化是古西班牙語的複數形變化：hablás（原形 hablar）、comés（原形 comer）、vivís（原形 vivir）。我們以這三個動詞爲例，先看一下今日西班牙語現式的動詞變化：

	HABLAR	COMER	VIVIR
Yo	hablo	como	vivo
Tú	hablas	comes	vives
Él、Ella、Usted	habla	come	vive
Nosotros	hablamos	comemos	vivimos
Vosotros	habláis	coméis	vivís
Ellos、Ellas、Ustedes	hablan	comen	viven

作者在唸大學時，記得有一次課堂上，西班牙籍的老師叫一位阿根廷僑生唸一段西班牙文：「Has comido unos chocolates, por esto no debes tener mucha hambre ahora.」結果這位同學只要單字結尾是 -s 的全部省略不唸，這一句話聽起來也就變成：「Ha comido uno chocolate, por esto no debe tener mucha hambre ahora.」那位西班牙語老師搖搖頭直說：「No hablas español.」（你不是在說西班牙語）。老師這樣說自然有他的道理，因為少了字尾 -s 的音，原本應該是第二人稱「你 tú」的動詞變化，結果聽起來會誤以為是第三人稱單數「他 él」或者是禮敬「您 usted」的稱呼。從這兒似乎也可以看出（或推測）為什麼西班牙南部「安達魯西亞省 Andalucía」與廣大的中南美洲不使用「你 tú」這個人稱，逕自使用「您 usted」的稱呼。至於其他文法上單數、複數不一致的錯誤就更突顯了一般人以為「會說西班牙語，只要能表情達意就夠了，所謂說標準、合乎語法的的西班牙語並不是那麼重要」。

　　以下我們只就西班牙語在中南美洲不同的國家或地區，不同的人使用不一樣的發音方式，將其中最具代表性的特徵列舉出來。

▶ 墨西哥

　　Juan M. Lope Blanch (1996) 指出，墨西哥人說卡斯提亞語時，舌尖齒間音 [θ] 消失不見了，取而代之的是舌尖齒齦音 [s]，也就是所謂的 seseo。有聲硬顎摩擦音 [y]（字母書寫為 Y）和有聲硬顎側音 [ʎ]（字母書寫為 LL）不分，全都發成 [y]。比較特別的是有聲爆裂音 /b, d, g/ 位於母音之間，以

及一些音段的子音 /kst/、/nst/、/bst/、/ks/、/kt/ 的發音仍保留下來，例如：cansado、texto、construir、abstracto、satisfacción、examen。對墨西哥人來說，這些字若發成 cansao、testo、costruir、astracto、satisfación、esamen 會被視爲粗俗平庸的語言（lengua vulgar）。此外，在墨西哥大部分地區舌尖齒齦音 [s] 在重音節是保持發音的，除了在少數沿岸地區，唸成聲門摩擦音或不發任何音：estas 唸成 [éhtah]、dos niños 唸成 [dóníño]。還有特意將 [s] 的音拉長，強調子音的發音勝於母音，有時話說快時，非重讀的母音就不發音了。例如：coches唸成 [kočs]。

▶ 尼加拉瓜、薩爾瓦多、宏都拉斯、瓜地馬拉、哥斯大黎加、巴拿馬

中美洲總面積二百六十九萬平方公里是世界上最小的洲。Miguel Ángel Quesada Pacheco (1996:101-106) 對這一地區的西班牙語發音做了深入研究。首先母音的部分，他指出在薩爾瓦多、哥斯大黎加字尾的母音消失了：noche 唸成 [noč]、puente 唸成 [puent]，在哥斯大黎加中部鄉村地區，字尾的母音 /e, o/ 唸作 /i, u/: palo → palu，parque → parqui。這些地區的塞音（oclusivas）有三個特點，第一個是「母音化（vocalización）」：directo 唸成 [direi̯to]、taxi 唸成 [´tai̯si]；第二個是特點「改變（alteración）」：aceptar 唸成 [a´sektaɾ]、octubre 唸成 [op´tubɾe]、himno 唸成 [íŋno]。第三個特點是「省略（omisión）」：concepto 唸成 [kon´seto]、exponer

唸成 [espoˈneɾ]。還有子音摩擦音（fricativas） /f/ 發成 [h]：
fuerte 唸成 [hweɾte]、Felipe 唸成 [helipe]。

尼加拉瓜、薩爾瓦多、宏都拉斯這三個國家的居民彼此稱
爲「nicas 尼加拉瓜人」、「guanacos 薩爾瓦多人」、「ca-
trachos 宏都拉斯人」。他們說卡斯提亞語時，將軟顎摩擦音
/x/ 都發成聲門摩擦音 [h] 音。因此，jota 聽起來不是 [xota]，
而是 [hota]，jamás 聽起來不是 [xamás]，而是 [hamás]，有
時甚至聽不見：trabajo 唸成 [tɾaˈƀao]。另外，出現在兩個母
音之間的 [ʎ] 音，有變成半母音 [j] 的趨勢，例如：calle [káʎe]
唸做 [káje]，有時因爲過度輕聲化變得幾乎不發聲了，也就唸
成 [kae]。

鼻音化也是一個特徵。雙唇音 /m/ 出現在齒齦音 /n/ 前，
發成軟顎鼻音 [ŋ]：columna [koˈluŋna]。齒齦音 /n/ 出現在字
尾在所有的中美洲國家都發成軟顎鼻音 [ŋ]：pan 唸成 [paŋ]、
corazón 唸成 [koɾasóŋ]。

在哥斯大黎加，舌尖顫音 [r̄] 出現在字尾時齒音化，發成
清齒齦有嘶擦音（asibilación）：parque 唸成 [ˈpaɹke]。此
外，哥斯大黎加人說卡斯提亞語時，有點像上述尼加拉瓜、薩
爾瓦多、宏都拉斯這三個國家的居民：出現在兩個母音之間的
[ʎ] 音，有弱化到消失不發聲了。

在中美洲，還有一現象是側音 /l/ 出現在字尾時與舌尖顫
音 [r̄] 不分，產生了所謂的「同化作用 Neutralización」。例

如：puerta 唸成 [pwélta]、beber 唸成 [bebél]、delantal 唸成 [delan´taɾ]。

▶ 委內瑞拉

按 Mercedes Sedano y Paola Bentivoglio (1996:120) 的說法，委內瑞拉的西班牙語子音只有十七個，少了齒間摩擦音 /θ/ 和硬顎摩擦音 /ʎ/。換句話說，委內瑞拉人說西班牙語時，子音是有 seseo 和 yeísmo 的特徵。此外，軟顎摩擦清音 /x/ 亦被聲門摩擦清音 /h/ 取代，甚至出現在音節之尾的舌尖齒齦音 [s] 也唸成聲門摩擦清音：los niños [loh níɲoh]，或者不發任何音：los niños [lo níɲo]。還有一項比較特別的是子音音段 -sc 會發成 [-x]: escenario 唸成 [exenário]、piscina 唸成 [pixina]。最後，語音上同化作用的現象，我們可以聽到在東部地區的人，比較喜歡將 [l] 發成 [r]：bolsa 唸成 [bórsa]、salta 唸成 [sáɾta]；相反地，在中西部地區的人比較喜歡將 [r] 發成 [l]: carta 唸成 [calta]、puerta 唸成 [pwélta]。

委內瑞拉的母音特徵是雙母音有不同的唸法。ea 唸成 ia: real [rial]；ee 唸成 ie；plantee [plantié]；eo 唸成 io: peón [pión]；oa 唸成 ua: toalla [tualla]。

▶ 哥倫比亞

在哥倫比亞，西班牙語的子音 /b, d, g/ 在任何子音後面都

是發塞音，例如：pardo、barba、algo，但是西班牙人則發成摩擦音。另外，與薩爾瓦多、宏都拉斯和尼加拉瓜國家一樣，軟顎摩擦音 /x/ 都發成聲門摩擦音 [h]。José Joaquín Montes (1996:136) 指出：語音上 [l] 和 [r] 同化作用的現象在哥倫比亞也聽得到：pierna 唸成 [piélna]、carne 唸成 [cálne]、palma 唸成 [párma]，比較不一樣的是：顫音 [r] 若出現在字尾，乾脆不發音：mujer [mujé]、hacer [asé]。哥倫比亞人亦不分硬顎摩擦側音 /ʎ/（字母書寫為 LL）和硬顎摩擦音 /j/（字母書寫為 Y），都發成半母音 [j]：calle 唸成 [káje]、hoyo 唸成 [ójo]，只有很少的情況下不發音：gallina 唸成 [gaína]。最後，舌尖齒齦 /n/ 出現在字尾皆發成鼻音 [ŋ]，與海岸地區的發音情形是一樣的。

▶ 秘魯

Rocío Caravedo (1996:158-160) 指出：靠近海岸地區的爆裂音和軟顎音 /pb/、/td/、/kgx/ 有發成軟顎濁音 [g] 的趨勢，例如：adaptar [adagtar]、observar [ogserbar]、aritmética [arigmética]。不同的是在安地斯山區，軟顎音或爆裂音是發成軟顎摩擦清音 [x] 的：doctor [doxtor]、acto [axto]、observar [oxserbar]。此外，軟顎音鼻音化亦是一發音趨勢，例如：también [taŋbién]、antes [áŋtes]、ancla [áŋkla]，影響所及連爆裂音都被取代：digno [diŋno]、signo [siŋno]。在秘魯，許多字的發音與原西班牙語差異很大，例如：trabajo 唸作 traajo，puede ser 唸作 puee ser， universidad 唸作 uniersiá。甚至於軟顎摩擦音 [x] 被發成唇齒摩擦音 [f]：Juan [fan]。最後，秘魯的母音也有替換的情形發生：ají 唸成 ajé；octubre 唸成 octobre；seguro 唸成 sigoro。

▶ 阿根廷、烏拉圭、智利

首先，Nélida Donni de Mirande (1996:213-214) 指出阿根廷的母音也有替換的情形發生，特別是非重音節裡的母音，例如：comisaría 唸成 [comisería]；policía 唸成 [polesía]；ministro 唸成 [meníhtro]；poco 唸成 [póku]；este 唸成 [ésti]。嘶音 /s/ 按她的描述是一凸起舌葉前齒齦摩擦清音（predorsodentoalveolar convexo fricativo y sordo），在阿根廷大部分地區都是發此音，也就是我們稱的 seseo。不過也有發成齒間摩擦音 /θ/，稱爲 ceceo。Buenos Aires 省中部鄉村地區、Santa Fe 的中部和北部、Río Negro 的西部等都發此音。

在阿根廷 Buenos Aires、Tucumán、Salta 這幾個省語音上有一介於硬顎摩擦音 /ʝ/ 和硬顎摩擦側音 /ʎ/ 之間類似後齒齦摩擦濁音 [ʒ]，若發成清音則像 [ʃ]，語音學家稱此發聲現象爲 žeísmo。最容易感受差異的不外乎初學者學的這一句話 ¿Cómo te llamas? 唸作 [kómo te ʒámas] 或 [kómo te ʃámas]

烏拉圭的西班牙語在語音方面很多與阿根廷 Buenos Aires 相似，像是發音上的 seseo、žeísmo，還有出現在音節之尾的

[s] 唸成聲門摩擦清音 [h] 或不發聲。

　　智利人說西班牙語時，/ʎ/ 和 /j/ 的發音幾乎一樣，無法分辨，/l/ 和 /r/ 在音節之尾也分不清。在語音方面很多與阿根廷 Buenos Aires 相似，像是發音上的 seseo，還有出現在音節之尾的 [s] 唸成聲門摩擦清音 [h] 或不發聲。

▶ 巴拉圭

　　巴拉圭是中南美洲唯一將兩種語言 español 和 guaraní 同時作為官方語言。就西班牙語的一些發音特徵，Manuel Alvar（1996）做了以下說明。首先，雙唇爆裂音 /b/ 若出現在兩個母音之間或子音 /s/ 之前，不發音，例如：taburete 唸成 [taurete]; obsequio 唸成 [osekio]; observar 唸成 [oserbar]。雙唇爆裂音 /b/ 亦發成 /l/ 或 /u/，例如：absorber 唸成 [al-sorber] 或 [ausorber]; observar 唸成 [oserbar]。母音 /u/ 也會出現在 /b/ 之前，例如：tabla 唸成 [taubla]。還有，子音 /d/ 若出現在兩個母音之間，特別是以 -ado- 作結尾時，d 不發音。例如：nublado 唸成 [nublao]。

　　如果嘶音 /s/ 出現在字尾時是不發音的，例如：jueves [huebe]。但是若出現在兩個母音中間，且具有句法功能，比如說單複數，此時巴拉圭人會將此舌葉前摩擦清音 /s/ 發出，例如：los espejos [los espexo]，或者發成聲門摩擦清音 [loh es-pexo]。如果 /s/ 出現在顫音[r̄]、唇齒摩擦音 [f] 之前，也是不

發音的，例如：los ricos [lo ríkos]、las fuerzas [la fuérθa]。以音段 -nst- 為例，Manuel Alvar 指出巴拉圭人的發音滿多樣性，有時軟顎鼻音 [ŋ] 不發音，但 [s] 的音保留，例如：transparente [trasparénte]；有時是 [s] 不發音，[ŋ] 的音保留，例如：transparente [traŋparénte]；或者 [s] 發成聲門清音 [h]，例如：transparente [trahparénte]；也有的巴拉圭人照規矩來兩個子音都發聲，例如：transparente [transparénte]。

　　最後，巴拉圭人的顫音 [r̄] 通常不是很強調，特別是顫音出現在字中或字首，有時發成只振動一次的顫音 [r] 或是嘶擦音，例如：regar [ɹegar]、enterar [enteɹar]。

参考書目 Esta es **la bibliografía.**

参考外文書目

► ALARCOS LLORACH, Emilio (1981), *Fonología española*, Madrid, Editorial Gredos.

► ALCINA FRANCH, J. y Blecua, J. M. (1994), *Gramática española*, Barcelona, Editorial Ariel, S. A.

► ALVAR, Manuel [director] (2000), *Introducción a la lingüística española*, Barcelona, Editorial Ariel, S. A.

► ALVAR, Manuel (1996), «Colombia», recogido en ALVAR, Manuel [director] (1996), *Manual de dialectología hispánica. El Español de américa*, Barcelona, Editorial Ariel, S.A., pp.201-204.

► ÁLVAREZ SATURNINO, Vicente (1995), *Fonética y fonología de la lengua alemana*, Madrid, Editorial Idiomas, S. L.

► DE MIRANDE, Nelida Donni (1996), «Argentina-Uruguay», recogido en ALVAR, Manuel [director] (1996), *Manual de dialectología hispánica. El Español de américa*, Barcelona, Editorial Ariel, S.A., pp.213-215.

► DE SAUSSRE, Ferdinand (1945), *Curso de lingüística general*, (tr. española de Amado Alonso, Buenos Aires, 2ª ed.,1955).

▶ D´INTRONO, Francesco, Enrique DEL TESO y Rosemary WESTON (1995), *Fonética y fonología actual del español*, Madrid, Cátedra.

▶ GIL FERNÁNDEZ, J. (1988), *Los sonidos del lenguaje*, Madrid, Sintesis.

▶ IRIBARREN, Mary C. (2005), *Fonética y fonología españolas*, Madrid, Editorial Síntesis, S. A.

▶ KELLY Gerald (2000), *How to teach pronunciation*, Pearsn Educaion Limited.

▶ Kenyon, John S. y *Thomas A. Knott (1944/1953).* A Pronouncing Dictionary of American English. *Springfield, Mass.: Merriam-Webster.*

▶ J. M. –C. Thomas [van et al.] (1985), *Iniciación a la fonética – fonética articulatoria y fonética distintiva*, Versión española de Esther DIAMANTE, Madrid, Editorial Gredos, S. A.

▶ LADO, R. (1973), *Lingüística contrastiva*, Lenguas y Culturas, Madrid, Alcalá.

▶ LISKER L. and ABRAMSON A. S. (1964), *A cross-language study of voicing in initial stops: acoustical measurements*, Word, vol. 20, pp. 384-422.

▶ LOPE BLANCH, Juan M. (1996), «México», recogido en ALVAR, Manuel [director] (1996), *Manual de dialectología hispánica. El Español de américa*, Barcelona, Editorial Ariel, S.A., p.81.

▶ MARCOS MARÍN F., F. J. SATORRE GRAU y Mª. L. VIEJO SÁNCHEZ (1999), *Gramática española*, Madrid, Editorial Síntesis.

▶ MARTÍNEZ CELDRÁN, Eugenio (2000), «Fonología funcional del español», recogido en ALVAR, Manuel [director] (2000), *Introducción a la lingüística española*, Barcelona, Editorial Ariel, S.A., pp.139-153.

▶ MARTÍNEZ CELDRÁN, Eugenio (1986), *Fonética*, Barcelona, Teide.

▶ MONTES, José Joaquín (1996), «Colombia», recogido en ALVAR, Manuel [director] (1996), *Manual de dialectología hispánica. El Español de américa*, Barcelona, Editorial Ariel, S.A., pp.101-106.

▶ NAVARRO TOMÁS, T. (1999), *Manual de pronunciación española*, Vigesimoséptima edición, Madrid, Consejo Superior de Investigaciones Científicas (CSIC).

▶ QUESADA PACHECO, Miguel Ángel (1996), «El Español de América Central», recogido en ALVAR, Manuel [director] (1996), *Manual de dialectología hispánica. El Español de américa*, Barcelona, Editorial Ariel, S.A., pp.101-106.

▶ QUILIS, Antonio y FERNÁNDEZ, Joseph A., (1997), *Curso de fonética y fonología españolas-para estudiantes angloamericanos*, Madrid, Consejo Superior de Investigaciones Científicas.

▶ QUILIS, Antonio et al. (1996), *Lengua española*, Madrid, Editorial Centro de Estudios Ramón Areces, S. A., 1ª edición, 1989.

▶ QUILIS, Antonio (1984), *Bibliografía de fonética y fonología españolas*, Madrid, Consejo Superior de Investigaciones Científicas.

▶ QUILIS, Antonio (1984), *Fonética acústica de la lengua española*, Madrid, Gredos.

▶ QUILIS, Antonio (1984), *El comentario fonológico y fonético de textos*, Madrid, Gredos.

▶ *ROLDÁN V. Yasna y SOTO-BARBA, Jaime* (1997), "El V.O.T. de /p-t-k/ y /b-d-g/ en el español de Valdivia: un análisis acústico", *Estudios Filológicos*, N° 32, pp. 27-33.

▶ CARAVEDO, Rocío (1996), «Perú», recogido en ALVAR, Manuel [director] (1996), *Manual de dialectología hispánica. El Español de américa*, Barcelona, Editorial Ariel, S.A., pp.155-159.

▶ SEDANO, Mercedes y BENTIVOGLIO Paola (1996), «Venezuela», recogido en ALVAR, Manuel [director] (1996), *Manual de dialectología hispánica. El Español de américa*, Barcelona, Editorial Ariel, S.A., pp.119-120.

▶ YAVAŞ, Mehmet (2006), *Applied English Phonology*, Blackwell Publishing Ltd.

▶ WAGNER, Claudio (1996), «Chile», recogido en ALVAR, Manuel [director] (1996), *Manual de dialectología hispánica. El Español de américa*, Barcelona, Editorial Ariel, S.A., pp.226-227.

外文字（辭）典

▶ ABAD, F. (1986), *Diccionario de lingüística de la escuela española*, Madrid, Editorial Gredos, S. A.

▶ ABRAHAM, Werner (1981), *Diccionario de terminología lingüística actual*, Madrid, Editorial Gredos, S. A.

▶ ALCARAZ VARÓ, Enrique y María Antonia MARTÍNEZ LINARES (1997), *Diccionario de lingüística moderna*, Barcelona, Editorial Ariel, S. A.

▶ *DICCIONARIO AVANZADO DE SINÓNIMOS Y ANTÓNIMOS DE LA LENGUA ESPAÑOLA*, director de la obra: José Manuel Blecua Perdices, 1ª ed. en 2000, Barcelona, Bibliograf, S. A.

▶ KENYON, John S. y *Thomas A. KNOTT (1944/1953). A Pronouncing Dictionary of American English. Springfield, Mass.: Merriam-Webster.*

▶ LÁZARO CARRETER, Fernando (1979), *Diccionario de términos filológicos*, Madrid, Editorial Gredos, S. A.

▶ MATEOS Fernando, OTEGUI Miguel y ARRIZABALAGA Ignacio (1997), *Diccionario Español de la Lengua China*, Madrid, Editorial Espasa Calpe, S. A.

▶ MOLINER María (1990), *Diccionario de Uso del Español (A-Z)*, 2 tomos, Madrid, Editorial Gredos, S. A.

▶ MORENO CABRERA Juan Carlos (1998), *Diccionario de lingüística neológico y multilingüe*, Madrid, Síntesis.

▶ REAL ACADEMIA ESPAÑOLA (1992), *Diccionario de la Lengua Española*, XXI edición, Madrid, Editorial Espasa Calpe, S. A.

▶ SECO, Manuel y Olimpia ANDRÉS, Gabino RAMOS (1999), *Diccionario del Español Actual*, 2 tomos, Madrid, Grupo Santillana de Ediciones, S. A.

▶ WELTE, Wernr (1985), *Lingüística moderna — terminología y bibliografía*, Madrid, Editorial Gredos, S. A.

國家圖書館出版品預行編目資料

圖解西班牙語發音／王鶴巘著；— 二版.
— 臺北市：五南，2017.09
　　面；　　公分.
ISBN 978-957-11-9287-1（平裝附光碟片）

1.西班牙語　2.發音

804.741　　　　　　　　　106011997

1X0K

圖解西班牙語發音

作　　者 — 王鶴巘(5.8)

發 行 人 — 楊榮川

總 經 理 — 楊士清

副總編輯 — 黃文瓊

主　　編 — 朱曉蘋

執行編輯 — 吳雨潔

封面設計 — 劉好音

插圖繪製 — 陳又寧

出 版 者 — 五南圖書出版股份有限公司

地　　址：106台北市大安區和平東路二段339號4樓

電　　話：(02)2705-5066　　傳　　真：(02)2706-6100

網　　址：http://www.wunan.com.tw

電子郵件：wunan@wunan.com.tw

劃撥帳號：01068953

戶　　名：五南圖書出版股份有限公司

法律顧問　林勝安律師事務所　林勝安律師

出版日期　2015年 3 月初版一刷
　　　　　2017年 9 月二版一刷

定　　價　新臺幣280元